A Love So Beautiful

致我们单纯的小美好（上）

赵乾乾／著

江苏凤凰文艺出版社
JIANGSU PHOENIX LITERATURE AND ART PUBLISHING, LTD

A Love So Beautiful

目录

A Love So Beautiful

自序
你不相信的，我相信

你不相信的，我相信。

想起不止一个人跟我说过，你的小说，情节没什么扣人心弦的跌宕起伏。

虽然以我非常谦虚非常虚怀若谷的伟大情操，必须客气地说我实在担当不起“你的小说”这四个字，而且我也不知道我以后会写出什么样的鬼东西，但目前为止，的确，我的小说情节没什么高潮，没有堕胎流产自杀谋杀乱伦，甚至没有什么背叛和欺骗，总之没有一切市场需要的刺激元素，因为我的朋友都是好人，因为我常常会把人往好里想，哪怕是虚构的人。所以我这不成熟的脑袋直接导致了我写的东西，口味实在很淡。

而我的重口味，往往只会体现在看别人的小说和吃辣喝浓茶时。

我一直都相信，我相信，这个世界上有单纯的爱情，有就算没有太多磨难太多跌宕来证明，也依然美好的爱情。

如果你也相信，谢谢你。

如果你不相信，我相信。

嘿，祝翻开这个故事的你，单纯美好。

赵乾乾

A Love So Beautiful

第一章

老陈同志，即我爸，今年二月份正式退休，劳碌了一辈子的老陈在家坐了半个月后坐不住了，恰巧县里老人俱乐部招成员，他就去了。一去才发现他五十几的年纪在平均年龄为七十岁的老人俱乐部中属于青年骨干级别，于是老陈久违的热情被点燃了，成天蹬着自行车上俱乐部去组织老年人娱乐活动，那股热情，整一个激情燃烧的岁月。

只是他的激情还没烧着岁月，岁月就先给了他个下马威。他老人家爬凳子挂活动横幅时一脚踩空摔了。

接到我妈电话时，我正在大马路上看广告牌，大热天里吓出了一身冷汗。虽然小时候老陈老揍我，我也曾想过等我长大了要揍老陈，但我真的很爱老陈。

赶去医院的路上我边哭边絮絮叨叨地跟出租车司机讲我爸的好，把司机堂堂七尺剽悍男儿讲得激动不已，一路油门踩到了底。付款时他主动把零头抹了，他说大妹子啊你记一下我的车牌号码，××××××，下次千万别拦我的车了，我家里有个特啰嗦的老婆和老母，整得我一听人唠嗑就哆嗦，见谅哈，祝你爸早日康复。

……

我哭着赶到医院时，我妈正边削苹果边数落我爸："就你这副老骨头还骨干级别呢，再摔一次我就把你直接推去烧了，骨干晋级骨灰。"

我抓着门框泪水汪汪："妈，爸怎么样了？"

我妈抬头望我一眼："得，眼泪收回去，哭什么哭！我一把屎一把尿地拉扯你长大，不是让你一遇着什么事就一把鼻涕一把泪。"

我把眼泪收一收，去慰问那长期被欺压的老头："爸，你还好吧？"

他眼巴巴地望着我妈手中的苹果："不好，你妈都削三个苹果了，一个都不给我吃。"

我见从他们嘴里也问不出个所以然来，干脆就拎起热水瓶说："我去打点热水。"

我拎着热水瓶直奔咨询台，也不管我妈在身后叫唤着："这死孩子，水是满的！"

可能是我面目太过狰狞，护士迅速找来了医生，医生面无表情地叙述了一遍我爸的情况，说是摔着腰了，脊椎压着神经了，总之就是得做手术，让我准备三万块。

我追问了几句具体情况，医生瞄我一眼道：“跟你说你也不懂，总之准备好钱就行了，其他交给我们医生就是了。”

我又问：“那什么时候能动手术呢？”

他不耐烦地道：“排队，排到了就动。”

我恨不得咳一大口浓痰吐他脸上，然后告诉他不好意思我有肺结核。

但我不能，我只能从口袋里掏出几百块，唯唯诺诺地塞给他：“那就劳烦您多照顾……”

他瞪我一眼，推开钱：“你干什么呢你！你们家属的心情我能理解，但这样是不符合规定的！你要实在不放心，我抽空给你详细讲一讲就是了。”

我惭愧不已，觉得自己真是以小人之心度君子之腹，人家医生就是天生脾气不好而已。就在我深刻地检讨自己的人格时，那医生转身离开，离开前扬着下巴给我使了个眼色，我琢磨了很久他是抽筋还是别有意味，最后学他扬一扬下巴，才算是明白了，墙上装着监视器呢……

我正要问护士刚才那医生的办公室在哪儿，手机响了，掏出来一看，心跳跟下坡踩油门似的飞快，我差点想去心内科挂个号了。

江辰，我的前男友。

我哆嗦着毕恭毕敬地接起电话：“喂？”

“喂”了半天，只听到一堆杂七杂八的声音，看来他是不小心按到手机，我正想挂电话，却听到了一个娇滴滴的女声，她说：“医生，我胸口疼。”

我这才想起，江辰是个医生，据说现在还小有名气。我挂了电话，纠结了很久，最终决定，与其在这里感受这个医院医疗事业的黑暗，还不如转院到江辰所在的医院，至少冲着当年我帮他剥了数千个茶叶蛋，他多少得照顾点吧。

回去把这事跟我妈一说，她问："江辰是当年跟你恋爱那孩子？"

呃……您的记忆点真微妙。

我妈又问："转到他在的医院去，他会帮忙吗？我是说你们现在还有情分在吗？"

真是一针见血的问法，我结结巴巴："帮忙是肯定会的，只是……"

"只是什么？"

"只是这样好像有点剪不断理还乱。"

老太太嗤之以鼻："少跟我拽文，剪不断就剃光！你现在就跟他联系，你爸明天就转院，我再也忍受不了这里的医生了。"

我本指望着我妈能慈爱地跟我说孩子咱有骨气，前男朋友什么的咱不去招惹。

我果然还是高估了我妈。

江辰接到我的电话时并没有表现出讶异，我想当医生的都这样，见惯大风大浪的，尸体和内脏都没吓着他，哪能让我这前女友给吓着。

我结结巴巴地把情况跟他讲了一遍，最后说："我爸转到你们医院好不好？"

"好。"他回答得干脆利落，害我都不好意思提给他剥过茶叶蛋的事。

他又说："把东西都准备好，我马上找车来接你爸转院。"

末了他沉默了半响，问我："你还好吧？"

"还好。"

三个小时后，江辰带着救护车呼啸到了我面前。三年不见，我却连抬头好好看他都不敢，只是一个劲儿地盯着他大衣的口袋插的那支大概很贵的钢笔，想着不知道他学会写医生字了没。

念大学时，我一直很替江辰操心，生怕他那一手漂亮的小楷以后在医生界难以立足。为了让他练就一手即使开错药单也可以逃避责任的字，我曾经逼着他临摹我的字，很遗憾的是最终他还是未能学得我笔迹的精髓。

出院手续、入院手续江辰全部一个人操办了，我和我妈闲得慌，就一人一个苹果蹲在医院门口唠嗑。

我妈说："小伙子不愧是我看着长大的，真不错呀。"

我对于她将小伙子不错这事归功于是她看着长大的无耻行径表示不齿。

她又说："这么好的货色，你当年怎么就错过了？明明就快成了。"

我喀一声咬一口苹果："爸一个人在救护车里无聊呢，你去吃苹果给他看吧。"

我妈长叹一声，颠颠往车上跑，边跑边嚷嚷："老头子，你女儿让我来吃苹果给你看了。"

江辰拿着大大小小的单据出来时正巧看到这一幕，笑着睨我："你可真够孝顺的。"

我仰头看他，他在我面前半俯着身子低头看我，垂下来的发梢在晨光中泛着柔柔的光，他驾轻就熟地对着我笑，左颊挤出一个深深的酒窝，仿佛我们昨天才一起吃饭看电影。

我撇开了眼神，这是个万恶的酒窝，当年我那颗小芳心就是醉倒在这个酒窝里的。虽然现在回想只觉得我就是被他脸上这个坑给坑了。

自我有记忆以来，江辰的存在就跟巷口那根电线杆一样理所当然。他住我家对面的楼上，是镇长的儿子，还是班长，长得好，会弹钢琴，会写毛笔字，成绩好，讲一口好听的普通话。

电视和小说称我们这种从小家住得很近的男女为青梅竹马，并且普遍分两类：一是相亲相爱型，两人间亲若兄妹，一起掏马蜂窝一起被马蜂蜇，一起偷地瓜一起挨揍，等到蓦然回首，才发现友情早已慢慢升华为爱情；一是相看两相厌型，两人针锋相对，远远见到都恨不得冲上去咬对方一口，一逮到机会就拔对方自行车气门芯，长大后猛然发现，啊！原来这就是爱。

可惜我与江辰以上皆非，在漫长的岁月里，我和他都只是对面楼的邻居。他每日叮咚叮咚地弹他的钢琴，我津津有味地看我的樱桃小丸子。偶尔忘记作业内容，我会去按他家的门铃，他总是不耐烦地说你自己为什么不记；可能是因为有求于人，所以我从不与他计较，当然也可能是我从小不爱与人计较。我这人淡定中带点超凡。

初二升初三的暑假，考完试后我们班瞒着老师偷偷办了野炊，野炊中我和江辰被分配去洗番薯，班里四十个人，买了四十四个番薯，江辰把零头四个给洗了，然后就在一旁打水漂儿玩。

我蹲在湖边强压着怒火洗番薯，就在我愈洗愈火大时，一块小石片咚地削过我面前的水面，溅了我一脸水花。我一抬头，江辰却是若无其事的样子，继续手起石落地在水面上削出一个漂亮的四连跳，水面上连着泛起大小不一的涟漪，相撞着荡开。

按理说我应该骂他，泼他水，把他脑袋按水里，或者把他推进湖里淹死。

但我都没有，我只是活生生看傻了。

微风掀动着他略宽大的白色校服，阳光在他睫毛与发梢上跳跃出金黄光圈，微扬的嘴角在左颊抿出一个得意的酒窝。

时间与空间凝固，只剩下我的心跳。

暑假之后便步入忙碌的初三，我这人向来以大事为重，儿女情长什么的，也就抛一边了，加上当时热播《流星花园》，我就改迷道明寺去了。

让我确定“坚决要喜欢江辰”的人生目标是半年后的事了，模拟考前一晚，我在我妈“我怎么养了你这么个丢三落四的猪头女儿”的打骂声中匆匆赶往学友书店去买第二天模拟题涂卡要用的2B铅笔。

学友书店虽说号称书店，但卖的东西很杂，上至书、文具，下至贴纸、玩具，总之学生间流行什么它就卖什么。后来在外面混得多了，我发现“学友”二字是全国大小非连锁文具店和书店都爱用的名字，也不知是这名字实在让广大学生们感觉如同朋友般的亲切，还是大伙儿都懒得想名字。

我进了学友，抓了一把2B铅笔，当时电脑阅卷刚兴起，我觉得2B铅笔在不久的未来会涨价，我得囤货。而事实证明，铅笔虽然涨了不到一块钱，但出了不少电脑阅卷专用铅笔，当大家在用自动铅笔款的2B铅笔时，我依然可怜兮兮地用小刀削铅笔。

果然先知都是寂寞的。

在我握了一把铅笔准备付钱时，江辰从门口进来了。大概是出于青春期诡异的偷窥心理，我下意识地就从书架上抽了本书，挡着脸偷瞄。

江辰进门后就直奔柜台，老板娘见了他，笑眯眯地从柜台下抱起一摞书："你要的绣像珍藏版四大名著，我特地到城里进的货。"

江辰笑着说："谢谢老板娘，多少钱？"

"八百五十三，算你八百五好了。"老板娘接过他的钱，"我可是倒贴了车费。"

江辰笑着说："谢谢老板娘。"

那时我们的学费一学期两百，江辰用两年四个学期的钱去买几本破书，有这么多闲钱还不如……其实我也不知道还不如干什么，我没拥有过这么多钱，所以我很不明白。曾经有人给我讲过一个笑话——记者问深山里一个老妇：给你十万块你会做什么？答：每天吃菜馍馍；又问，给你二十万呢？答：每天吃肉馍馍；最后问：给你一百万呢？答：每天一手菜馍馍一手肉馍馍。我其实对老妇人的心境很感同身受。

"哥哥，哥哥。"不知哪里冒出来的小孩拉着江辰的裤管叫。

江辰蹲下去，摸摸他的脑袋，眨着眼睛问他："小朋友，你是男生还是女生？"

小孩吸着小拇指，很认真地说：“男生。”

江辰嫌弃：“我不喜欢男生。”

他说着要起身，小孩忙拉他的衣服：“我是女生。”

江辰笑了：“原来是女生啊，好吧，你叫我干吗？”

小孩从吊带裤的大口袋里掏出一盒彩色笔和两张皱巴巴的一块钱，举得高高的，示意他够不到柜台：“我买这个。”

江辰接过来，站起来递给老板：“老板，多少钱？”

“四十块。”

江辰掏出钱来付了，又蹲下来递给小孩，拍拍他的头说：“喏，你的彩色笔。”

小孩笑呵呵地接过：“谢谢哥哥。”

江辰说完“不客气”正准备直起身子，小孩又扯了扯他的裤脚，他只得又蹲了下去。小孩笨手笨脚地打开彩色笔盒，挑出一支粉红色的，说：“画画很漂亮。”

“我不会画画。”江辰笑着说，“你自己留着画画。”

小孩摇头，指指他手里的书：“不是，我画。”

江辰一愣，荡开笑来，抽出一本《三国演义》，递到小孩面前。

小孩捧着书坐到地上，低头很认真地在上面画着什么，嘴里念念有词，最后拍拍小手说：“好了。”

我踮起脚探头偷看，那图案乍看像兔子，仔细看又像狗，神韵中又透露出它是只老虎。

江辰接过去看了一下，认真地说：“你画的狗很漂亮，谢谢。”

小孩眨着圆滚滚的眼睛，说：“是猫。”

江辰一愣，笑："原来是猫啊。"

我看着他的酒窝，好像又深了些，真想上去戳一戳。

所谓惊艳，所谓秒杀。

李碧华说过——当初惊艳，完完全全，只为世面见得少。但我却不，在往后的时光里，我在脑海中不停地为这让我心动的两个场景润色，如同影视后期剪辑，调整画面角度，加入光影变化，配上音效……

"你要在医院门口蹲多久？"

"啊？"我影视后期制作大业被打断，一时有点迷茫，望着江辰略带不耐烦的脸，又啊了一声。

"起来。"他伸手，一把将我从地上拉了起来，牵着我走向救护车，我其实很想问他是不是忘了松手，还有是不是身体太虚了，手汗那么多……

上了救护车，司机和我妈同时露出捉奸在床的表情，我无奈地翻了翻白眼，有点忐忑地偷瞄江辰，他倒是丝毫不受影响，往我身边一坐："小李，开车。"

然后转过头去对我妈说："阿姨，我已经跟骨科的同事说过了，到了医院再拍个X光片，如果没什么问题的话下午就动手术，您请放心，我同事是业内数一数二的骨科医生。"

我妈忙不迭地点头，笑得忒慈母："真是麻烦你了。"

"不麻烦，我应该做的。"江辰也笑得忒孝子。

"吵死了！"我爸突然大声说。

我爸自从被告知我们要在江辰的帮助下转院后，就一直闹脾气，后来我妈一走开，他把我臭骂了一顿，内容不外乎两个字——

骨气！他认为当年江辰他妈那么对我，我就该离他远远的，最好见面时吐他一脸口水以示不屑，现在居然还接受他的恩惠！

三年前，我从×大的艺术设计系毕业，江辰医学系本硕连读得念七年，但由于表现好，第四年就已经开始在×大附属医院各大科室实习。

那时江辰对我可真好，一看我拿到了毕业证书就说要娶我，当然主要也是因为我在他忙得水深火热之际老是臆造了一堆所谓社会精英去吓唬他，比如说，每天帮我开门的主管（原型是我们公司的警卫，我老忘了带大门出入卡），老给我送花的经理（原型是楼下卖花的，晚上我加班加得晚，回家老遇到他在丢卖不出的残花，在我的强烈暗示下，他就把花送我了），请我看电影的客户（原型的确是客户，我也的确看了电影，只是看完要给他们写宣传文案）……艺术创作需要原型。

江辰一听我如此受欢迎就急了，他说他大学送了四年的早餐不能白送，还是结婚吧。

我恬不知耻地答应了。我的心思很简单，×大医学系全国排名第一，江辰年年拿奖学金，就是一支毫无悬念的潜力股，我得尽快将他拿下，待他成了绩优股，我就是共患难的糟糠之妻，敢让我下堂我就敢分他一半财产。

当然，其实最简单的心思是我很爱他，生怕他被人抢走了。有一次我去他实习的医院找他，一个小时内看到三个病患留名片给他，其中一个还是男的。这个社会太可怕，而江辰的魅力又男女通杀。

只是那时的我被电视剧和小说荼毒得差不多了，以为我的爱情所向披靡，而江辰他妈让我知道，我的爱情一经胡搅，便会转移。

江辰他妈在某个风和日丽的中午拜访了我妈。作为一名职业家庭主妇，我妈在我家的地位堪比武则天，但我第一次见到我那剽悍的妈妈如此手足无措，如此不自觉地低声下气。平心而论，江辰他妈并没有什么过分的言论，也没掏出一张支票说你离开我儿子，要多少钱你说。她很淡然地和我妈商量着结婚的习俗，只是态度中流露出的纡尊降贵让我妈战战兢兢。我在一旁看着我妈搓着手说我们都配合都配合，心里跟泡了老陈醋似的酸软。

江辰他妈又单独找我聊了一会儿，给了我几页纸说你好好看看，同意的话就签个名。那是一份婚前协议书，大概内容是什么我与江辰结婚不是为了他家的钱，离婚的话也不能分财产之类的。

我当时就纳闷了，他爸也就是一个小镇的镇长，能有多少钱啊，至于跟演电视剧似的吗？只是后来我才明白，原来我太单纯了。

我已经忘了我当时想了什么，有可能是爱情和自尊之类伟大的东西，后来实在拿不定主意，就去问了我爸，我只能说，这是历史性的错误。

江辰他爸是我爸的非直属长官，我爸觉得平日里被这些长官欺压得够窝囊了，长官家属竟欺压他的家属，这是极其无法忍受的事情，于是他说你敢签我就跟你断绝父女关系。

于是我又做了另一件蠢事，我把协议书拿给江辰，让他还给他妈。江辰勃然大怒，回家跟他妈吵了一顿，他妈后来给我打电话，大意是，你敢和江辰结婚，我就敢死在你们婚礼上。当时我社会经历尚浅，立马被她唬住，完全没想到有别的解决方法，比如说不举办婚礼，让她找不到地方死。

结婚的事就这样不了了之，后来也不知怎的，大概工作开始忙起来，我忙着被经理骂，江辰忙着上课和实习。再大概是心里有了芥蒂，我不停地找江辰麻烦，为一些鸡毛蒜皮的事情无理取闹，用试探他的容忍度来试探我们的爱情。

当我说，江辰我们分手吧。

他沉默了很久后说，你不要后悔，然后砰一声甩门离去。

我以为要相爱的两个人分手，至少要有一件轰轰烈烈的大事，比如说有了第三者，比如说突然发现我是他爸的私生女，比如说他或者我得了绝症……但其实不用。不安、忙碌、疲乏，就够了。

我们就这么分了，挺奇妙的，原本说好一生一世的两个人，瞬间就毫不相干，很长一段时间里，我都怀疑是不是谁将我们按了快进键，害我漏掉了一些非分手不可的情节。

我和江辰的分手，我爸是最乐的，他大概觉得这是他与领导阶级对峙的一次完胜，但之后我一直找不到男朋友这事使他觉得胜利的果实有时也是苦涩的。

所以我猜我爸对江辰的感觉是复杂的，一方面他希望有人接手我这个滞销品，一方面他又觉得宁愿让我滞销也不愿卖给江辰。他的内心大概跟中学课本里大萧条时期将牛奶倒入河里而不分给穷人的资本家一样煎熬。

我没有告诉我爸，其实人家压根儿也没想跟你买。

A Love So Beautiful

第二章

A Love
So Beautiful

我爸第二天一早就动了手术，江辰推荐的是位女医生，姓苏，长得颇具知性美，搁江辰身边一站，整一个郎才女貌。

我妈一开始很不相信苏医生，她觉得美女一般都没用。因为她这个执念，我曾很长一段时间以为我在我妈心中是个美女。

苏医生指出，她曾徒手把一个流氓揍到肩关节脱位，又徒手把肩关节给他接了回去。我们纷纷表示十分信任她的医术。

江辰陪着我们在手术室门口等着，我妈紧紧地拽住我的手，我安抚地拍着她的手背。

坐了十来分钟，我妈开始忘记了不安，她的眼睛开始骨碌碌地在我和江辰间打转，然后慈祥一笑：“你看，当时你和小希交往时我们没来得及坐下叙叙，反而是现在……”她顿一顿，长叹，“造化弄人呀。”

我基本上处于僵硬并且想挖洞钻的状态。

江辰笑一笑，说：“当时不懂事，不知道珍惜小希。”

我忍不住偷瞄一眼江辰，好美丽的客套话。

我妈呵呵一笑：“哪里，是我们家小希福薄。”

时间在他们的虚与委蛇中过得飞快，大概也因为并不是什么复杂的手术，或者是因为苏医生医术了得，总之手术室的灯暗了，苏医生戴着口罩出来。

我妈一下子又抓住我的手臂，指甲掐得我很想问候我外婆。

苏医生慢悠悠地摘下口罩，露出弯弯的嘴角：“手术成功。”

我妈松开我的手，扑了上去，一副想和她拥吻的样子。幸好她只是拉住了苏医生的手，不停地拍着：“太感谢你了，太感谢你了。”

我沉醉在这妙手有情天里十分感动，一旁的江辰用手肘轻撞了我一下，小声地说：“你再不拉开你妈，苏医生的手就废了。”

我一看，果然苏医生的手背红了一大片，我妈最近每晚跟着电视里的老中医学拍痧，颇有成就，有天做饭拍蒜头时找不到刀，徒手将蒜头拍碎在砧板上。

我忙过去拉开我妈：“妈，你快去看看爸吧。”

我妈挣开我的手，呵斥了我一句：“你爸麻醉还没退呢，有什么好看的，我得好好感谢一下苏医生。”

苏医生倒退了两步，连连摆手：“阿姨，您别客气，这是我应该做的，我待会儿还有手术呢，我先走了。”

啧，好一个落荒而逃的白衣人。

我妈很失落地转向江辰："江辰啊，这次多亏了你……"

江辰两手往身后背，俯身在我耳边小声地说："救我。"

他说话时哈出的热气喷得我忍不住缩了缩肩膀，我压下澎湃到想咬舌自尽的念头，推着我妈说："你快去看一下爸啦，江辰他待会儿有门诊。"

恰好护士推着我爸的病床出来了，我妈就跟了上去。

就剩下我和江辰了，我吞吞口水，抬头笑着对他说："这次谢谢你了。"

他点头："没什么，我先走了。"

我脱口而出："啊？"

他笑一笑："我有门诊。"

目送着江辰走远，我揉一揉耳朵，傻笑。

那时大一，江辰考上×大医学院，而我以艺术考生的身份勉强也考上了×大艺术学院。江辰他们学院迎新会，我以他多年单恋未遂者的身份死皮赖脸地求着他带我去了，主要是我听说迎新会上吃多少东西都是学长学姐买单，我对这个做法很满意。后来我当了人家学姐，一有迎新会就肚子疼不能去参加。

那天人挺多的，组织者在学校北门的小餐馆包了八张桌子。我和江辰到时已经没多少位子，我和他就被分在两张桌子，我遥遥地望着他，觉得真好，吃再多也没人会管我了。

酒足饭饱之后，学长学姐们领着学弟学妹们到操场玩游戏，是一个不知从哪个地方流行到全国的游戏，叫"真心话大冒险"。

那酒瓶子转啊转啊就转到了一个小姑娘面前，鉴于她前面选择了大冒险的同学必须拉着路人说你看，这是我的肝左叶，这是胆囊，这是肺右叶，这是肾，这里有一条直的叫输尿管……于是小姑娘选择了真心话。

一个大灰狼似的师兄循循善诱道：“学妹，你有男朋友吗？或者有喜欢的人吗？是谁？”

我心想这问题也太温馨感人了，好歹问个你内裤什么颜色之类的啊。然后那姑娘红着脸点头，眼睛若有似无地瞟向江辰，我忽然就觉得这问题也太犀利了吧……

大家开始起哄让江辰表态。一直站在我身后的江辰忽然俯身在我耳边说：“救我。”

我一时有点发蒙，觉得他那两个字的气流挠得我脖子痒痒的，挠挠脖子后，我急中生智地说：“我……我……肚子疼……”

江辰在我身后长叹了一口气，扶着我的肩膀说：“不好意思，我女朋友肚子疼，我送她去医院。”

我被江辰拖着走了几步，才回过神来刚才他说的是女朋友，我问他：“我那个……那个……刚刚好像……听到你说女朋友了……”

我似乎看到他的脸诡异地红了一红，然后理直气壮地道：“怎样，你有意见？”

我瞬间心跳加速，几近呕吐，结结巴巴地说：“不……不怎样，没……没有意见，那个……欢迎你。”

每当我回忆往事时，能够不因虚度年华而悔恨，不因碌碌无为而羞耻，却为在关键时刻讲了一句类似女性特殊服务行业的欢迎词而很想去死。

晚上我留在医院里照顾我爸，让我妈回我那儿歇着了，老太太刚开始不同意，后来我跟她讲了几个医院的鬼故事，她说她忽然觉得身心俱疲，还是回去歇着，明天才有充足的精神照顾我爸。

今晚苏医生值班，她巡了两次房后就赖在我爸的病房，硬要拉着我聊天。

碍于她恩人的身份，我只好强撑着眼皮陪她聊天。

她问："你跟江医生怎么认识的啊？"

我答："同学。"

她喃喃自语："我还以为是男女朋友呢，不过看他今晚没留下来陪你也猜到了。"

她自语完又问："什么同学？"

我答："幼儿园，小学，初中，高中，大学。"

她认为很值得惊讶，并且指出这是种难得的缘分，她说："哟哟哟，青梅竹马，从小看着对方长大的，真有缘分。"

我打着哈欠的嘴吓得半天才合起来，揩一揩打哈欠挤出来的泪，正想说什么，苏医生又发问了："他有没有女朋友啊？"

我老实回答："不知道。"

她神神秘秘地凑到我耳边："我跟你说你可别告诉江医生。"

我点头。

她笑得三八兮兮："我们都怀疑江医生是同性恋。"

我惊讶地望着她，她又解释道："他从来不带女人出现，而且跟女医生女护士女病人都保持距离。不过干我们这行的有这样的毛病也不奇怪，对女性的身体太了解了就没神秘感了。"

我犹豫了一下，还是问了："好像你们这一行的对男性的身体也很了解吧？"

她怔怔地想了一会儿，拍拍脑袋恍然大悟："也对喔。"

于是我们分别沉思了几分钟，在这几分钟里，我一直在想，到底怎样才能打发她走，我好困。可惜苏医生又问了："你认识他这么久，看过他交女朋友吗？"

我的瞌睡虫一下子跑了，干笑了两声："看过的。"

"啊，真可惜。"她失望地叹息。

我小心翼翼地刺探："可惜什么？你喜欢他呀？"

她笑得娇羞："没啦，我有对象了。我男朋友在×大念博士，他修心理学的，毕业论文选题方向是同性恋心理分析，主要想研究社会精英分子的同性恋心理，他正烦着找不到研究对象呢……"

我想了想，建议道："不然你上网找些小说给他看吧，现在不是流行什么耽美小说吗，里面那些男主角总裁医生律师军人，什么精英行业都有，艺术来源于生活，让你男朋友看看能不能找到有用的。"

她摆摆手道："我早就想到了，也研究过了，觉得不靠谱，那些小说几乎都是女人写的，在女人心目中男人就是下半身思考的动物，两个下半身思考的动物凑在一起，除了使用下半身就是频繁过度地使用下半身，对学术研究没什么帮助。"

我想了想，觉得挺有道理的，就哦了一声表示我同意。

她又说："你看江医生有没有同性恋倾向啊？我看那些小说都说可以把不是GAY的男人变GAY，学名叫什么来着？哦，叫掰弯，不然我把他掰弯了如何？"

我嘴巴张张合合，结结巴巴地说："这样……不好吧……"

她拍拍我的肩膀："别紧张，我跟你开玩笑的，你不懂我的幽默。"

……

“对了，你猜猜我为什么选择学医，而且选择骨科？”她突然很兴奋地问。

我还没从她上个幽默中缓过来，有气无力说道：“你一家都是医生？”

她摇头。

我又猜：“你小时候见到了谁因为骨头有病而很痛苦？”

她还是摇头。

我认真了起来：“你立志悬壶济世？你跟男友约好了考医科？你高考时不小心填错志愿？”

“都不是。”她得意扬扬，“我家里卖猪肉的，我每次看到我爸砍猪骨就觉得很兴奋。”

……

我嘴角抽了一抽：“呵呵，耳濡目染。”

她又用力一拍我的肩膀：“你又相信了，你真是不懂我的幽默，我们一家除了我弟都是医生。”

……

苏医生跟我促膝长谈到凌晨五点，然后神采奕奕地拍拍屁股说：“我可以准备交班了，我今天休假。”

我过了睡觉的时间点就再也不知道自己是睡着还是没睡着，迷迷糊糊中面前好像站了一个人，我还问了他是人是鬼，似乎还跟他解释了一下冤有头债有主的因果关系。

这种恍惚的睡眠很可怕，我的大脑急速地运转着，前尘往事巨细靡遗，分不清是在做梦还是在回忆往事。很多人说往事不堪回首，我的往事挺堪的，是一部积极向上活泼开朗鼓舞人心的倒追史，可以叫《明朗少女求爱记》。

我那时看上江辰，深思熟虑了一个星期，结合小说、漫画、电视剧，我整出了三个计划：情书、传话、当面表白。又用了一个星期对这三个计划进行了全面分析。情书的弊端：一是我字丑，二是江辰常收情书却不常看；而传话的弊端：一是容易传错，二是众多爱情阴谋论的小说和电视剧告诉我，传话的那个最终都会和主角修成正果；所以到头来我只剩当面表白这条路。

我们总以为人生有无数可能，怕这个，怕那个，到最后也就剩下一个可能而已。

我翻了翻皇历，挑了个宜动土安葬的好日子，向江辰表白了。当时他正在做值日，我跟在他身后叫了声江辰，他转身，手上的扫帚也跟着转了一圈，扬了我一嘴的灰。

我说："江辰我喜欢你，呸呸呸。"

他先是一愣，然后皱起眉道："呸什么？"

我很懊恼，忙解释："我不是呸你，我刚刚吃了一嘴灰，我说我喜欢你。"

他持续着皱眉的动作，眉间被他拧出川字，像刀疤，真好看。

他说："我不喜欢你。"

那是个全民爱搞暧昧的时代，当时并没有一首歌说暧昧让人受尽委屈，所以大部分人即使不喜欢也要说"我不适合你，你值得更好的，我们年纪还太小，我们应该好好读书考上好大学"之类的废话，所以江辰斩钉截铁的拒绝让我觉得他的冷酷无情是多么与众不同，于是更坚定了我要喜欢他的决心。

江辰就这么被我死缠烂打上了，我每天一大早等在我们家中间的那条巷子口，江辰一来我就挤出春光灿烂的笑容说，这么巧，我也上学。下课铃还没响我就把书包收好，铃一响我就冲到楼梯口，等江辰走过我就说，这么巧，我也放学。

迷糊中我被自己的口水呛了下，醒过来眨眨眼，看着天花板又开始恍惚起来。我才看到我在楼梯口对着江辰笑呢，一转眼我又在楼梯口拽着江辰的书包面带哀求："你等我十分钟好不好？我把作业交给英语老师。"

他扯回书包带："你刚刚上课干什么去了？李薇在楼下等我。"顿了一顿他又说："我们要去买班会的东西。"

也许是扮贤良恭顺久了心里有点反弹，也许是怒火攻心，总之我瞄准了他的小腿骨踹了一脚："去找你的李薇吧。"

他大概没料到，单脚跳了几步，吼道："陈小希你这个疯子！"

之后我趴在栏杆上，看着江辰和李薇往校门走去，日近黄昏，天地间一片橙黄，像是有谁慌乱间打翻了一瓶香吉士，给世界染了一身橙。

那时我十六岁，人生第一次感到悲凉。

梦中场景切换起来倒是很随意啊。

教室门口我堵住了江辰："我有话跟你说。"

他双手环胸，瞟了我一眼："说。"

踹了他一脚后，他比以前更不爱搭理我了。我放任爱情和自尊交战了几天，几天后，爱情把自尊活活打死了，然后我就来道歉了。

我低着头，低声下气地说：“我那天不应该踹你，对不起。”

他半晌没回答我，我抬头，见他正心不在焉地张望着楼下的篮球场，我又火大了，大叫：“江辰！”

他低头看我：“我还没聋，对不起是吧？没关系。”

说完转身就走。

我望着他的背影，突然心里涌起一股浓浓的悲伤，像是我妈烧焦了焖鸡翅，浓烟呛得我鼻酸。

我下意识地揉了揉鼻子，叫：“江辰。”

他回头。

我苦笑着说：“你是不是觉得，被我喜欢上很倒霉？”

他怔怔地看了我一会儿，说：“我只是想下去打球。”

我不说话，内心有股哀莫大于心死之类的悲壮。

他似乎在我面前站了很久，最后略带着急地说：“我真的没那个意思，我们队快输了。”

我点头表示理解：“你快去吧，加油。”

他转身就跑，跑了几步突然停下来，回过头叫我：“陈小希。”

“干吗？”

“帮我去小卖部买瓶水吧。”他笑着说，酒窝盛满了夕阳。

我没来得及反应，他就三步并作两步跑下了楼梯。

我还是去了小卖部，在矿泉水品牌益力和农夫山泉之间摇摆了半天，最终选择了农夫山泉，因为便宜两块钱。

篮球场边围了不少女生，我还看到了李薇，她手里拿着一瓶运动饮料，比我的农夫山泉整整贵了十二块。

中场休息，李薇咻一下给江辰递上饮料，我愣愣地跟在她身后，感叹着她的疾走如飞。

江辰没接她的饮料，看了我一眼，有点尴尬地说：“我刚刚让陈小希帮我带水了。”

“我买的是运动饮料，补充盐分的。你不喝也没别人喝，挺浪费的。”她笑得可温柔可温柔了。

我想我也不能让她为难呀，于是我将手里的农夫山泉往江辰手里一塞，夺过李薇手里的饮料，拧盖，仰脖，咕噜咕噜灌了一大口，抹一抹嘴：“不浪费不浪费，我刚刚从小卖部跑着过来的，流了好多汗呢，真是谢谢你。”

她含羞低头，像徐志摩笔下那朵水莲花很害臊之类的，我可喜欢看了，真是美呀。

“小希，小希，小希！”我妈催命似的叫声将我从“水莲花”的娇羞中唤醒。我揉一揉眼睛，打了个大哈欠，“妈，医院里不准大声喧哗。”

我妈睨我一眼：“你刚刚说梦话才丢人呢。”

“我说什么了？”我边揩眼屎边问。

“荷花，害羞什么的。”她说。

“‘最是那一低头的温柔，像一朵水莲花不胜凉风的娇羞。’徐志摩的诗，我们小希像我，有诗人的情怀。”我爸在病床上搭话，显得得意扬扬。

我转了转脖子，胡扯道：“我梦到高中语文老师了，她让我背《再别康桥》。”

我爸的脸一下子黑了下来，“这不是《再别康桥》！这是《沙扬娜拉》！”

我妈在一旁掺和："张娜拉是吧？我知道，韩国人嘛。"

我讶异地看着我妈，她挺起老胸膛："自从我们家装了网络，家庭妇女就解放了。"

作为一个长期潜水党，我某次心血来潮登入天涯论坛，发现我竟然回复了不少帖子，而且大部分是民间帅哥什么的，我以为我在梦游中诚实面对了内心的渴望，后来才发现原来我不小心将老家电脑设置成自动登入天涯。人世间最悲哀的事莫过于有个"天涯党"的妈……

吃完午饭我那个"天涯党"的妈把早上我爸同事来探病的水果往我怀里一塞，逼着我去找江辰道谢，我想于情于理我都该正正经经地跟江辰道次谢，就拎着一大袋的水果去了。

到了江辰办公室前我才开始有点紧张，刚才光顾着傻乐白捡了一袋水果送人，没顾得上反应这是我和江辰三年来的第一次单独且正式的会晤。

敲了敲门，里面回了句"请进"，我推了门进去，江辰正埋头在办公桌写着什么，也就抬头看了我一眼，淡淡地说："自己找椅子坐。"

作为一个前女友，面对一个如此落落大方的前男友，我感到压力很大。

我把水果往桌上一放，拉了把椅子和他隔了一张桌子面对面坐着，讨好地说："我妈让我带点水果给你。"

他抬眼瞄了一眼水果，说："替我谢谢阿姨。我早上去看过陈叔了，情况很稳定，估计两三天后就能出院，一个星期后回来拆线就可以了。"

他话讲完了就低头写东西，一副“老子很忙”的样子。我尴尬地坐了两分钟，然后起身告别，还顺便表达了一下对他的感激，最后虚伪而客气地说了句：“谢谢你这次的帮忙，我真的是不知该怎么报答你才好。”

他这回倒是停下了那唰唰的笔，笑着看着我说：“给我介绍女朋友吧。”

我仔细观察他的神色，竟也没开玩笑的样子。我就郁闷了，让前女友介绍新女友这行为也太不厚道了点，就好比跳槽还让老板写推荐信，作弊还让老师给答案，再婚还请前妻当伴娘……

我内心那个百感交集呀，在他心目中，我的人格究竟是多伟大呀？

我暗叹了口气，干笑两声道：“你想要什么样的女朋友啊？”

他偏头打量了我一会儿，我的心提到了嗓子眼，脑海中闪过无数的台词——像你这样的就好，不然就你好了，其实我一直没忘了你……

“比你高一点，瘦一点，就差不多了。”他说。

我那自作多情的小心脏瞬间恢复了正常跳动，僵硬地笑了一笑，道：“要求不高，我帮你留意看看。”

他手中的钢笔在手指间漂亮地打了个旋儿，他说：“那就先谢了。”

A Love So Beautiful

第三章

A Love
So Beautiful

我爸两天后就出院了，手术刀口也养得挺好的，后来嫌来回太奔波，就在老家的医院拆了线，据我妈说，他拆线第二天又上老人俱乐部折腾去了，我透过通讯工具，遥远地对他战士般的精神表达了崇高的敬意。

今早我醒来，身上睡衣大半都是湿的，换了衣服匆匆往地铁赶，进了地铁，被空调的凉风一吹，才发现身上的衣服又汗湿了大半，穿的白衬衫一湿就有点若隐若现了。我左右看了看，这节车厢里长相猥琐的大叔不少，但都没有要多看我一眼的意思，我坚决不承认是我没有魅力，一定是因为天气太热了，猥琐大叔都懒得猥琐了。

一进办公室，傅沛就迎了上来："陈小希，今天你去拍产品目录吧，你不是爱拍照吗？"

我望一下窗外白晃晃的日头，不禁悲从中来，有感而发道："我爸说陈小希这个名字象征了人生总是有希望的，希望无论大小，总是好的。只是他没料到二十几年后出了个男青年叫陈冠希，也没料到该青年是摄影爱好者和行为艺术爱好者，更没料到陈先生以一套作品迅速走红大江南北，引领了一系列'门'的潮流。这证明了人生总是出乎意料的，所以你不能因为我叫陈小希就以为我爱拍照。"

傅沛从抽屉里摸出计算器："顶撞老板扣2%工资，请假扣3%，迟到扣1%……"

我点头："行，你扣吧，先把上个月的工资发给我。"

他默默地收回计算器："小希姐，您歇着，今天的产品目录就交给我了。"

我点点头，坐到空调风口下吹风去了。

我来这公司两年多了，当时跟江辰分手时就火速换了住处换了工作，我不是怕他来找我，而是怕他不来找我。人能有多犯贱，我表现得淋漓尽致。

公司一共三个人，老板傅沛，财务兼文案的司徒末，我是设计。我们属于小设计公司，公司主要靠傅沛接案子来维持正常营运，原本在业内口碑不错，但前阵子由于傅沛与一个女客户交往分手后，女方怀恨在心，大肆渲染我们公司是靠潜规则在业内立足的，导致最近的案子数量一落千丈。至于潜规则这事倒是污蔑，虽然我和司徒末多次鼓励傅沛出卖肉体以达到抢案子的目的，但傅沛宁死不从；对此我们一直很不理解，因为以我们对他爱情观的理解，这实在是双赢的买卖。

傅沛出去了，司徒末的孩子发烧已经请假近一个星期了，于是整个办公室里就剩我一个人，我给自己泡了杯茶，才慢悠悠地踱到电脑前开机。我边喝着茶边等待一切开机自动登入的程序，QQ、Skype、Line……都是聊天软件，人与人之间，可以讲话的工具愈来愈多，能讲的话却愈来愈少。

QQ对话框上首先跳出来的是庄冬娜，她是公司的一个客户，年底时我们公司替她的公司设计了一套礼品，有台历、杯子、贺卡等。我们合作得很融洽，也算半个朋友。我上个星期把她介绍给江辰了，她是个很不错的女人，比我高、比我瘦、比我美，脾气比我好，事业比我成功，唯一比不上我的只有鞋的号码没我小。

我听说他们进展得不错，江辰还主动约了她几次，以我的经验看来，这是一件很不容易的事情。我听说后还一度心情十分压抑，甚至想棒打鸳鸯，但给忍住了。

我点开庄冬娜的对话框，她重复发了好几个“在吗”。我发现她没打问号，太对不起我们伟大的标点符号了。

我缓慢地敲出：在了。

我特别把句号用红色标出来还加大了一个字号，希望她看到了能由衷地感到羞愧。

庄冬娜：帮我个忙可以吗?

我看到了问号，感到很欣慰，就很快地敲了回去：说说看。

庄冬娜：今晚江辰的一个病人庆祝痊愈出院开宴会，他得去参加，而且还得带女伴，但是我下午就要去上海出差了，你能不能帮我陪他去？

我犹豫了一下，敲出：这样不好吧？

庄冬娜：为什么不好，我都跟江辰说了，他也同意了，实在是那种场合携伴参加比较好啊，听说那病人是什么大人物，想给江辰做媒呢，你也不想我们才开始发展就迈向结束吧……

我看着那对话框就彻底无语了……当初介绍时我也和她说过我和江辰交往过这事了，她表示并不介意，再不介意好歹尊重一下前女友这个伟大的称谓吧。有句话怎么说来着——善良就是别人挨饿时，我吃肉不吧唧嘴。你不但吧唧嘴，还让我拿纸巾替你抹嘴，太不厚道了吧？

庄冬娜：小希拜托拜托拜托拜托求你了求你了求你了

你看这人，一着急又不用标点符号了，有没有考虑过标点符号的感受啊……

我叹了口气，敲下：好吧，既然你们不介意。

庄冬娜：小希我太爱你了，谢谢谢谢谢谢。下班江辰会过去接你，到时他会带你去买礼服，都记在他账上哈

我喝了一大口茶，用食指在键盘上戳出：好。

按了Enter键，我觉得我这辈子就栽在一副好心肠上了。小时候也这样，我还记得小学时大家都讨厌的班主任生病了，大家都不愿意去看她，我是唯一去的，她可高兴了，把病房里的水果鸡蛋什么的都给我吃了，把我给撑得，顶着个肚子不平衡，连走路都摇晃。

这一切都是善良惹的祸。

于是我这一天都是在浑浑噩噩中度过的，傅沛拍照回来时举着相机顺便拍了坐在位置上的我。照片放上电脑时我过去一看，拍得挺好，挺迷茫挺艺术的，有股老年痴呆的气质。

快下班时我的手机就响了，而我正蹲在厕所里呢，我这人有个毛病，一紧张就爱往厕所跑，当年高考前十五分钟我都在厕所里蹲着。

我提起裤子，从口袋里掏出手机，果然是江辰。我深吸了一口气，猛然发现这儿实在不是个适合深吸气的地方，于是只好捏着鼻子说："喂？"

"是我。"

"我知道。"

"你说话怎么瓮声瓮气？"

我推开厕所门走出去，松开鼻子说："没呀。"

"你刚刚在厕所？"他突然笑着说。

我吓得一哆嗦，上下左右看了看，才问："你怎么知道？"

"猜的。你下班了没？"他说。

我没好气："你那么会猜你接着猜。"

"我在你公司楼下，你下班了就下来吧。"他说。

我简单收了收东西就下楼，脑袋左转右转都没看到江辰，心想他不会事隔三年才决定报复我当年约会老迟到的事吧？

我在那儿鬼祟了半天，一辆小轿车停在了我面前，还按了下喇叭。我低头看了一眼，玻璃黑漆漆的什么都看不清，正想凑近看一下，车子的喇叭又响了一声，我吓得退了几步，火冒三丈正想破口大骂，车窗慢慢摇了下来，江辰侧着头下命令："上车。"

我开了车门坐进去，他皱着眉道：“你怎么这么拖拉，你不是五点半就下班？把安全带系上。”

我木着脸，自顾自地说：“江辰你下班了啊？今晚真是麻烦你了，谢谢啊。”

江辰瞪了我一眼：“不客气。”

我撇嘴：“真有礼貌。”

我偷偷打量了他两眼，他穿着一身剪裁合身的黑西装，戴着宝蓝色领带，帅得惨无人道。

忽然，他俯过身来，我迅速地把安全带一拉一扣，急道：“我系好安全带了。”

他啪一声按开了我座位面前的一个抽屉，从里面掏出一瓶水，递给我时瞟了我一眼，冷哼了一声。

我手里拿着那瓶矿泉水就特别想死，我想我一死，江辰会在死因那一栏写上：自作多情，羞愧而死。

车缓慢地上了路，我小口小口地啜着矿泉水，我其实不渴，但就是喉咙干得慌。

车里弥漫着诡异的沉默，我无聊地撕着矿泉水瓶上的标签，撕下来后又发现不知道往哪儿扔，只好问他：“扔哪儿呢？”

他偏头看了我一眼：“刚刚那个抽屉。”

我按开那个抽屉，瞄了一眼后把标签往里扔。由于自己手贱，所以难免有点心虚，就没话找话地问他：“你还喝农夫山泉啊？”

从我第一次给他买农夫山泉后，后来他喝矿泉水都是喝农夫山泉。我那时觉得挺自豪的，虽说我是为了省两块钱才给他买农夫山泉的，没想到却真买中了他的心头好，真是无心插柳柳成荫，心有灵犀一点通。

他随口应了我一句：“过节医院发的，后座还有一箱。”

我转头看，果然后座放了一箱农夫山泉。我就随口赞扬了一下他们医院：“你们医院挺不错嘛，过节还发东西。哪像我们公司啊，过节老让我们加班。”

他没搭话，专注地开车。

我看他不是很想搭理我的样子，也就消停了。年纪大了，热脸贴冷屁股的事不爱干了，这点冷淡搁当年对我来说还真不算什么，那时我就是一热脸贴冷屁股爱好者，风雨无阻无坚不摧，誓用我的热脸将他的冷屁股焐热！但现在不行了，随着年岁的增长，血液循环大不如前，冷屁股贴多了怕给脸留下病根子。

江辰的车停在了LV旗舰店前，我吓了一跳，基本上这个牌子我只在某知名作家的书里见过。

车门中控叩的一声开了，江辰说：“你下去等我，我去停车。”

我下了车待在原地等他回来，时不时贼眉鼠目地透过玻璃橱窗偷瞄LV店里，大概是心理作用，总觉得橘红色的灯光显得特别的纸醉金迷。

“走吧。”江辰不知什么时候站在了我身后。

我吓了一跳，结巴道：“还是不要吧，好贵的，况且里面好像卖的都是包包，我都没看到礼服。”

他顺着我的视线看去：“你以为我要带你进LV？”

“不是吗？”

他用一种看疯子的眼神看着我：“你又不是我老婆，我干吗给你买LV？”

他领着我绕过LV，进了一条巷子，来到一家服饰店门口，我抬头一看，这店名太实在了——买不起LV。

我指着招牌对江辰说："你看，它讽刺你。"

他抬头看了一眼："讽刺你吧。"

我撇嘴："等我有钱了，我去各大名牌店里就对着店员说，这件不要，这件不要，其他统统包起来。"

他摇头："你干脆说，这件和这件包起来，剩下的打包寄给红十字会。"

道行比我深呀……

店主是个年轻小伙子，长得不错，我瞅着总觉得眼熟，大概是我潜意识里想跟一切帅哥混熟。

小伙子迎了上来："江医生，带女朋友买衣服啊？"

江辰把我往前一推："帮她搭配一套可以参加宴会的衣服。"

小伙子把我从头到脚打量了一遍，说："行，美女这气质跟我这家店的衣服特配，我立马搭几套让你选。"

敢情我的气质就是买不起LV的气质……

趁着店主在挑衣服，我问江辰："你跟他认识啊？"

江辰点头："他是苏医生的弟弟。"

苏弟弟耳朵特好使地加入了我们的对话："我叫苏锐，我姐待会儿可能会过来。"

我低头看他，他蹲在地上挑鞋子，屁股撅得高高的，低腰牛仔裤使他的腰露出一大截。

"陈小希。"江辰突然叫我。

“啊？”我收回停留在小蛮腰上的眼神，回过头看他。

他指一指我的脚，我低头一看，一只类似蜥蜴的绿色生物停在我脚边，长长的尾巴微微摇摆着。我条件反射地用脚尖飞速地挑开它，然后惊声尖叫着躲到江辰背后。

绿色生物在地上滚了一圈，翻出颜色稍浅的肚皮，四脚在空中乱蹬。

苏锐直起身走过来，笑眯眯地拎起绿色生物，摆在手臂上，对我说：“别怕别怕，这是我养的蜥蜴。”

我从江辰背后探出头来：“它有没有毒，会不会咬人？”

“不会不会，它很乖的。”苏锐把手臂伸了过来，很热情地邀请我，“摸摸看嘛。”

我盛情难却，手颤悠悠地伸过去，才到了蜥蜴跟前，它突然嘶地吐出一条肥厚分叉的舌头，吓得我迅速缩回手，又躲回江辰身后去了。

苏锐哈哈大笑：“小蜥不要吓姐姐，她刚刚不是故意踢你的。”

“小蜥？”江辰重复了一次，笑了。

我愣头愣脑地答了他一声后才反应过来，相当义愤填膺：“它也叫小希？”

“也？”苏锐很兴奋，“还有谁叫小蜥？这真是个好名字。”

有一个好名字的我缓缓举手：“我，陈小希……”

“太有缘分了！”苏锐绕到江辰身后停在我面前，摸着蜥蜴的头说：“苏小蜥，姐姐跟你名字一样呢，你们太有缘分了，跟姐姐打个招呼，来，亲姐姐一个。”

我干笑着绕到江辰面前，探头挥一挥手："你好你好，男女授受不亲，不用亲不用亲。"

江辰拉开躲在他胸前的我："去换衣服。"

苏锐这才放下苏小蛹，从衣架上拿了几件衣服递给我："你先试试，你穿几号的鞋？"

基本上我的脚小得畸形，被问鞋码对我来说是一个耻辱……

于是我说："35。"

江辰偏头看了我一眼，说："33号半，34加一个半垫也可以。"

苏锐挠挠头对我说："我得找找看有没有34号的鞋，你先进去换衣服吧。"

我捧着衣服去换，却在换第一套时就出了麻烦，背后的拉链被头发绞住了，卡在半腰上拉不上也拉不下，无奈之下我只好对着外面求救："苏锐，拉链卡住了，拉不动。"

帘子被掀开，进来的却是江辰，我愣愣地看着他。他没说话，直接绕到我背后，一手将我的头发挽成一把拉高，一手刺啦一下就把拉链拉上了，拉上后掉头就走。我对他的手艺万分佩服。

我换了好几套衣服，最终苏锐替我选了一套浅绿色纱质礼服，穿在身上轻飘飘的，让我有一种没有穿衣服的恐慌。

苏锐千辛万苦地搜出了一双34号的嫩黄色高跟鞋，加了个半垫后我勉强能穿稳。

苏锐对我的新打扮夸得天上人间美丽非凡，虽然我看着镜子丝毫没找到他所说的惊艳感，但是我觉得他说得实在太对了，我真诚地要交他这个朋友。

苏小蜥几次试图接近我，都被我用一种“你敢过来我就用高跟鞋碾死你”的眼神吓走了。

江辰坐在店里的沙发上，不时懒懒地打量我两眼，当然我不敢指望他会露出电视或小说里常出现的屏住呼吸惊为天人之类的样子，但好歹也别一副看《新闻联播》的样子啊。

“好了没？”他从沙发站起来。

“好了，你付钱吧。”我低头研究衣服的领子，V字领边缘折了很漂亮的小褶子，像绿色的麦浪。

苏锐嚷嚷着：“算了算了，太有缘分了，就算小蜥给小希的见面礼。一共四千，裙子两千五，鞋子一千五。”

我瞪他，宰人啊，一样的衣服网购四百块就能搞定，还包邮。

苏锐对我笑：“你别一副我是无良奸商的样子。我这衣服可不是满大街都有的，都是我自己设计自己做的，仅此一件。”

江辰倒是没说什么，付完钱说声谢谢就拉着我走了。

我在行驶的车中艰难地化着妆，幸好路况还不错，基本上化完之后五官还正常。

等红灯时江辰突然笑了，眼睛盛满了促狭：“你的化妆技术进步了不少嘛。”

我白他一眼，知道他在笑什么。

那时高三，我们没日没夜地跟考试厮杀，在遥远的地方有几个同样与考试厮杀着的同学不堪压力结束了自己的生命，这消息在各大部门之间辗转，许久才传到我们这个偏远小镇里的学校，校长紧急召开了会议，然后在高考前一个月，老师们决定替我们这群水深火热的孩子举行一场晚会，晚会的名字叫“走向明天”。我个人觉得这个名字很没意义，除非死掉，不然谁都得走向明天。节目都是由高一高二的学生准备的，朗诵、合唱什么的，总之是让人看了一点也不想活到明天的节目。

晚会举办前，老师们被一件事难倒了，学生们要上台总得化妆，学校里会化妆的老师就那么几个，一个合唱团化下来，天都亮了。于是学校临时决定让美术班的学生来分担化妆大任。作为美术班的头牌，我自以为一切尽在掌握之中，没料到人脸和画布原来差挺多，每一个被我化过的女生在照过镜子后都哭了，并且表示如果要她们这样上台，她们选择告别明天。而江辰当时正好路过那间教室。我在教室里被一群学妹围着哭得手足无措，他在教室外笑得手舞足蹈，而学妹们因为被风云人物嘲笑而哭得更加声嘶力竭了。

虽然岁月久远，可一回想起来我额角还是突突地跳着，耳边仿佛又萦绕着高低起伏抑扬顿挫的哭声。

“到了。”江辰说，车缓缓地靠边停下。

我揉揉额角，叹了口气抱怨道：“你以后别害我回忆一些不堪回首的事情了。”

车在原地停了好一会儿他都没有打开车门，我疑惑地转过去看他，他紧皱着眉，眼睛注视着远方，下颚绷紧，双手握在方向盘上，指骨泛白。

我知道他在生气，但我对他突如其来的怒气却有点摸不着头脑，讷讷地问他：“怎么了？”

他深吸了一口气，缓缓放开方向盘，转过头来对着我笑，也许我不该称之为笑，他只是把嘴唇抿成一条线，左颊挤出深深的酒窝。他说："没，胃痛。"

"啊，那怎么办？"我一紧张就颠三倒四，"怎么会胃痛呢，你没吃东西吗？有没有药啊？我们去医院吧……"

"没事了。"他说。

"怎么会没事呢？你知道胃痛有可能是胃出血、胃溃疡、胃穿孔、胃癌……"

他看着我笑："还有什么？"

我不是很确定地说："胃破掉？"

我又加重语气："不管啦，我们快去医院，你有可能下一秒就会死的！"

他忽然伸手过来推一推我的脑袋，笑着说："你是医生还是我是医生？"

我对他突如其来的好心情深感不解以及困扰，只是一再确认他的胃会不会破掉这件事，他也一再对我保证已经没事了，最终十分无奈地表示若是他的胃有个三长两短，手术由我操刀。

我听到他愿意死在我手上，也就安心了。

A Love So Beautiful

第四章

进入宴会大厅前，一直走在我前面的江辰突然停了下来，倒退几步走在我身边，弓起手肘，看着我。

我疑惑地看回他："需要摆pose吗？有谁在帮我们拍照？"

他瞪我，我忙眯起眼睛笑："跟你开玩笑的。"

说完将手伸入他臂弯中，轻轻地挽住："电视里都有演嘛，进场都要手挽手。"

我低头看我搭在他黑西装上的手，胸口忽然好像哽住什么似的，忍不住就抓紧了他的手臂。他垂眼看我，低声安抚："你就当参观拍电影好了。"

我环顾宴会大厅，天花板垂下大型的水晶灯闪烁着流光溢彩，灯底下游离着觥筹交错的男男女女，长长的桌子铺上了香槟色的桌布，上面摆满了让我狂咽口水的食物……美食电影啊这是。

“陈小希，别看吃的了，微笑。”江辰突然俯身在我耳边说道，热热的气喷得我耳朵发痒，我忍不住瞪他。

“微笑。”他又重复了一遍。

我随着他的视线看去，一群人正簇拥着一个有点面熟的老人缓缓向我们走来。

江辰半拖着我朝他们走去，我边挤微笑边问他：“哪个是你的病人啊？”

“中间的老人。”

我看那人红光满面，不像大病初愈的模样，又问：“他什么病？”

“心脏病。”

江辰话才说完，我们已经到了他们面前。

简单地寒暄握手，我听江辰叫他张书记，这才明白了面熟从何而来，我在本地新闻上看过他，而且不止一次，结合我一年看新闻不超过十次的概率，他出现的概率必然十分之高。

张书记笑眯眯地看着我：“小江的女朋友？”

我看了江辰一眼，心想送佛送到西吧，就微笑着点头：“你好，我叫陈小希。”

张书记也点头，这个年纪的男人多少有点慈祥，笑起来更是得道成仙的模样：“陈小姐长得真是漂亮，男才女貌啊，我本来还想着把我孙女介绍给小江呢，看来我孙女福气不够啊。”

我不知道怎么回答，只好赔笑。江辰笑着接过话头：“张书记厚爱，是我不敢高攀。”

张书记笑了笑，突然朗声道：“各位。”

他的声音不是特别大，却有一股奇异的召唤力，满大厅的人静了下来，朝着我们的方向看来，我挽着江辰的手下意识地收紧，他另一只手伸过来，轻轻拍了拍我的手背。

张书记高举手里的酒杯：“这是我的恩人江医生，请大家和我一起，以一杯酒感谢江医生和他的女朋友。谢谢！”

他话音一落，我们手中就被塞进了酒杯。

江辰举杯：“只是我分内的工作。”

老实说我被吓坏了，我这人没见过什么世面，印象中我所面临过最大的场面也就是小学合唱比赛，当时我混在一群人中合嘴张嘴，脚抖得跟小儿麻痹似的。

现在一堆人齐刷刷地往这边看，还个个社会精英、巨头权贵的模样，我想说我就一个普通老百姓，今天是来看拍电影的，你们别看我别看我呀。

幸好风头只是一时，大家酒喝完了就各归各位，这才发现我一紧张撒了满手的酒。

只是张书记似乎还不准备放过我们，他又换了一杯酒对着我们举杯。

“小江，结婚记得发请帖给我。”

“请帖一定发，但是酒不能再喝了，你心脏受不了。”江辰笑着说，语气里带着医生独有的强硬权威。

张书记竟然就笑着把酒杯放下了。我心想逃过一劫，就低头安心地盯着身上的裙子看，研究用哪个部位擦手比较不明显。

“陈小希，去洗手。”江辰说完这句话就被那个张书记领着不知道朝哪儿去了。

洗完手出来，我远远看到江辰跟张书记在一群人中说着什么。我犹豫了一下，觉得还是待在长条餐桌旁吃东西比较有趣，反正我来挡书记孙女的功能已经发挥了，现在可以发挥胃的功能了。

我在餐桌旁观察了片刻，发现这些食物对他们来说形同摆设，来来往往的人几乎没有在桌前停留超过十秒的，于是我放心地拿了个大盘子，准备从桌子头吃到桌子尾，以满足我的食欲。

只是我才吃了四道菜，就遇到了障碍——当然不是我饱了，我对我的胃信心十足——而是面前多了一群女人，她们站在桌旁聊天，穿得自然都是很华丽，且全都是我买不起的牌子。长相美不美不好说，在鬼斧神工的化妆技术下，人类早就没了本来面目。

由于桌子是靠着墙摆的，她们这么一站，一副要聊到天荒地老的样子，也就意味着我有可能在宴会结束前无法把每一样食物都尝遍，一想到这，我就恨不得放火烧眼前这群女人。

于是我默默地绕过她们，准备先去把桌尾的菜吃了。没想到走过她们身边时却被一个女人叫住了，她说：“你好，江医生的女朋友。”

我转身抬头，说话的女孩长得漂亮，虽然一样也是浓妆艳抹，但胜在艳而不俗，挺有几分世界史课本上埃及艳后的味道，长得老高，脚上还蹬一双目测超过十厘米的高跟鞋，一副不把宴会大厅的屋顶捅破就不甘心的模样。

我对她笑："你好。"

她过来拉起我的手："我爷爷这次可真是多亏了江医生。他老人家生病时我在医院照顾，江医生对病人实在是尽心尽力，那半个月里，我几乎都没见他离开过医院，真是幸亏有你这样明白事理的女朋友。"

我承认我很明白事理，但这事还真跟我无关……

我一手还拿着大盘子，另一手被她拉着，无奈之下只好盯着她拉着我的手，软若无骨，十指纤纤如玉葱，指甲上涂了一层淡粉色，再淋上一层卤汁就是上好的港式凤爪。

她大概也发现我的尴尬，松了我的手道："我看江医生还被我爷爷拖着，你一个人也无聊，和我们一起聊聊天吧。"

我只好把盘子放下，装出兴致勃勃的样子听她们聊天。她们的话题我刚刚就听到一点了，国外常春藤名校、度假胜地、名牌……我听不大懂，所以也就没什么兴趣。

这会儿她们从谁家千金养了名字很长的名犬，谁家千金养了一匹马驹之类的动物话题转换到食物话题上。

一个涂了血盆大口的女人说："××餐厅空运了一些法国松露来，我昨天才去吃过，很不错。"

"真的吗？那我明天就让我男朋友带我去吃。"

"我听说××餐厅的黑鲔鱼也不错。"

"真的吗？改天我们一起去吃。不过我还是比较喜欢吃神户牛肉。"

"我想吃松露会飞法国或意大利，法国的黑松露不错，意大利的白松露也还可以。黑鲔鱼我不吃的，神户牛肉也只有去日本时会勉为其难吃一下。不过我倒是挺喜欢吃鱼子酱的，要最新鲜的鱼子酱，并且要粒粒饱满无损的，然后不加任何调味料或其他食物，用冰镇过的玻璃碗盛着，然后用象牙勺子一勺一勺地吃。”一道柔媚的声音让这群千金小姐们奇迹般地安静下来。

我看向说话的女人，她懒懒地倚着桌子，似笑非笑，很美。她的美不是那种天仙下凡不食人间烟火的美，她的美具有侵略性，是那种男人见了忍不住想入非非，女人见了恨不得泼硫酸的美。

她穿着红花青底的改良式旗袍，旗袍并没有开夸张的高衩或者低胸，却跟长在她身上似的紧紧贴着她凹凸有致的曲线，我生平第一次看到有人能穿着衣服却表达出没穿的诱惑。

而且我发现她一说话，周围的女人纷纷露出不屑的神情，甚至有人还低声说了句“狐狸精”。

我一听那句狐狸精心里就彻底释然了，这才对嘛，长成这样不当狐狸精也太浪费人才了。

也许是场面冷得太僵了，身为主人的张小姐突然转向我，笑着问：“陈小姐平时喜欢吃什么呢？”

我被她问得一愣，不知道她是在救场呢，还是想让我难堪，于是就搪塞道：“我没有特别喜欢吃的，平时就随便吃。”

“我看陈小姐刚才吃了不少东西，想必是对美食很有研究，不要藏私嘛。”

“这样啊。”我摸了摸脖子，有点苦恼，“我觉得‘出前一丁’的鸡蛋泡面挺好吃的，‘康师傅’的也还行。而且我觉得泡面煮的比泡的好吃，煮的时候打个鸡蛋，最好是两个，一个弄碎了融在面汤里，一个卧成荷包蛋，快起锅时才加调味料，也别加多，一点点提味就好，加点盐巴加点酱油，特别好吃。”

死神来了一般的肃静。

你看，非得让我分享经验吧，我都说不要了。

得到我宝贵的泡面经验之后，那群大小姐们忽然对谈天失去了兴趣，纷纷找借口离开。我觉得这行为不好，是一种过河拆桥的行为。

我端起大盘子继续吃这长桌上的每一道菜，发现狐狸精小姐还倚着那长桌，手里不知何时多了一杯红酒，她轻轻地晃动着高脚杯里的红酒："你叫什么名字？"

我左右看了一下，确定不是自作多情后回答她："陈小希，希望的希。"

她朝我举杯，把手中晃了许久的红酒一饮而尽，然后说："胡染染，跟人有染的那个染。"

我没找到酒，只好把盘里的寿司拿起来朝她挥了挥，一口吞下，差点没被噎死，最后擦着眼角的泪跟她说："很高兴认识你。"

"你也不用感动得热泪盈眶。"她递了一张纸巾给我，这使我十分惊奇，主要是她手上并无任何宴会包之类的，而她身上的衣服又紧绷得如同第二层皮肤，别说塞纸巾，恐怕深呼一口气都会爆裂开来。

我接过纸巾，擦一擦眼角："谢谢。"

然后她就斜靠着那桌子，看着我快快乐乐地在长桌旁来来回回地吃东西，问："好吃吗？"

"好吃啊，你要不要吃点？"我指一指盘子里的小蛋糕，讲完才想起她的鱼子酱理论，觉得自己真是多此一举。

她指着身上的旗袍说："吃了会绷开。"

我点头："你那衣服太恐怖了。"然后摊开手掌，掌心中是被我揉成一团的纸巾，问："纸巾你放在哪里啊？"

她指了指两腿间："贴在大腿内侧，还有手机。"

我望着她光滑并没有穿丝袜的腿，嘴角抽了一抽，看着掌心的纸巾扔也不是拿也不是，一想到我刚刚抹脸的纸巾是从人家光滑的大腿内侧拿出来的，我心里就那个五味杂陈呀。

胡染染哈哈娇笑："逗你玩儿的，真可爱，桌上的餐巾纸。"

我摸摸脖子也跟着笑："我光顾着看吃的了。"

于是在她的注视之下我坦然地吃完了五十八道菜，抽了张纸巾学胡染染倚着桌子，前凸后翘地、风情万种地擦嘴。

胡染染偏着头看我："你是那个医生的女朋友？"

我摸摸鼻子："算是吧。"

心里暗暗地加了句曾经。

她把头发捋到耳后，若有所思道："张倩容会跟你抢的。"

"啊？"我勉强把目光从她深棕色的大波浪长发上收回，愣愣地道，"谁？"

胡染染的发型是我最喜欢的大波浪，大学时我就曾想去做这种发型，但那时江辰跟我说他觉得我短发的样子很清新自然，于是我就顶着一顶蘑菇短发过了四年，等到分手后我一气之下才留起了长发。现在仔细琢磨，清新自然哪里是夸人的，压根儿就是空气清新剂的广告语。

她扬一扬下巴道："张倩容，张老头的孙女。喏，现在朝着你男友走过去了。"

我随她的视线看去，张倩容缓缓朝着江辰和张书记走去，腰肢扭得像艺术体操表演的那条彩带。

“张老头真老。”胡染染突然感叹，又若有所思的样子，“我看也活不了几年了。”

我诧异地看着她，她笑了：“我是他的情妇，你信不信？”

我说信也不是说不信也不是，只好干笑。

她又说：“我以前是他们家的保姆。”

我忍不住脱口而出：“那怎么……怎么……怎么……”

怎么个半天我也找不出个委婉的词来表达我的问题，还好她好心地接了话：“怎么爬上老头的床？只要他一个人在家，我就穿低胸睡衣拖地。”

“这样啊……”我拉长了声音道。我实在是不知道怎么接话，说你真厉害也不是，说恭喜你成功了也不是，说你怎么这么无耻更不是……真是为难死我了。

她似乎对我的窘态感到十分满意，娇笑个不停。

真高兴我能取悦你……

“你男友过来了。”她掩着嘴说。

“啊？”我才抬头，江辰就已经站在我面前了，我忍不住称赞他，“你走路真快。”

江辰朝胡染染礼貌地点了点头，然后看我一眼：“走吧。”

说完就径自往外走，我跟胡染染挥挥手就颠颠地跟了上去，在他背后小跑着问：“可以回去了吗，宴会不是还没结束吗？”

他停了停脚步等我走到和他并肩才又往外走，边走边回答我的问题：“回去了，我明天还有手术。”

“哦。”我跟着他往外走。

他去开车，我在酒店门前等他，突然想起他好像什么都没吃，宴会前还犯胃疼来着，于是又想偷偷倒回宴会里去偷点吃的给江辰，才转身走了两步身后就响起喇叭声，我转身开车门，探身进去跟江辰说："你不是胃疼？我看你刚刚都没吃什么东西，我去给你拿点吃的，马上回来。"

我说完转身就要往里面走，江辰在后面陈小希陈小希地叫着我，我只好又倒回去跟他说："放心啦，里面的东西很好吃，而且都没有人在吃，我去拿点，人家不会介意的。"

"上车。"他说，手指不耐烦地敲着方向盘。

我猛然发现重逢后他对我常常表现出一种诡异的不耐。我可以打一个比方来描绘这种不耐，这就好比是，你养了一只狗准备养肥宰了吃，但这狗一直不长肉也就算了，还误以为自己是宠物，缠着你撒娇，你说你能不烦嘛。

我默默坐进车子，关好车门，系好安全带，笑着说："我家在××区××路，你要是不方便就找公交车站放我下去，我自己搭公交车回去。"

他定定地看了我好一会儿，都说眼睛是心灵的窗户，于是我盯着他的窗户看了许久，只觉得他的黑眼圈有点重，帅哥长了黑眼圈，也一样是一个长着黑眼圈的帅哥。

我最终还是没从他的眼睛里看出个所以然来。眼睛的确是心灵的窗户，但有些人的眼睛是防盗窗，技术不够就只能扼腕。

江辰还是把我送到了我家楼下，我简单地对他表达了他送我回家的谢意，但他却没有对我表达我陪他去应酬的谢意，不过我不准备跟他计较。

我下了车，要关车门时还是忍不住再瞄了他一眼，这是当年单恋他太久的后遗症，在一起那四年里我总是下意识地偷瞄他，以至于他在上“眼科学”时还一度怀疑我是隐性斜视。

他右手搭在方向盘上，左手压在胃上，皱着眉似乎凝神在等关车门的声音响起。

我最终还是没把门关上，而是探身进去，以一种哀求的口吻道：“来我家好吗？我给你下碗面吃，很快的，十分钟就能做好。”

他摇头：“不用了，我回去吃药就行了。”

我一屁股坐进车里，双手环胸道：“上我家吃面！不然我就不下车。”

江辰侧过头瞪了我一会儿，最后叹口气道：“走吧。”

我笑眯眯地跳下车，带着他爬了四楼到我租的房子。

我给他倒了杯水就进厨房忙活了，我想泡面不健康，就给他煮了挂面，还打了两个鸡蛋，但等到我把面端出来时，却发现他倚着沙发扶手睡着了。

我把碗摆在桌子上，蹲在他面前犹豫了很久到底要不要叫醒他，甚至犹豫了很久要不要像电影里演的一样偷亲他一下，或者用手指描绘他脸的轮廓，或者静静地看着他的睡颜泪流满面……

最后我只是拍了拍他的肩膀说：“江辰，面好了。”

有些事情就像参加比赛，你既然选择了退赛，就没资格再上场，只能忍痛观望。

江辰的眼皮动了动，微微掀开后迷蒙地看了我一眼，又闭上了。

我只好又推了推他：“起来，面快糊了。”

他啧了一声，闭着眼拨开我的手：“别闹，我很累。”

也许是他的语气太过理所当然，我竟隐约觉得有几分亲昵。

我抱着腿在地板上坐下，呆呆地看着他，或者是看着某个角落，一瞬间觉得自己可悲到如入无人之境……

江辰已经端着面在沙发角落边吃面边看电视。电视声音开得很小，但他看得很专注。

我转过头去看了一眼电视，电视里正播着篮球比赛，一个黑人冲上去，脑门狠狠撞上正在投篮的白人的胳肢窝，白人被撞倒，在地上滚来滚去装死。

江辰把面吃完，跟我要了张纸巾擦嘴，然后就说他要走了。

我想了想没什么借口可以留他多坐一会儿，只好说：“好吧，你开车小心。”

他走到门口又回过头来看我，似乎在暗示着什么，我无奈，只好站起来，边朝他走去边说：“我就送你到门口吧，我穿了一个晚上的高跟鞋脚都快断了，送你下楼还得多爬一回四楼。”

江辰倚着门口，待我走到他面前，他突然说：“陈小希，难道你就从来没觉得对不起我过？”

我想这是个典型的反问句，反问句的特点是答案藏在问题里。经过短暂的分析后我断定，江辰认为我应该且必须要觉得对不起他。只是不知道他这个问题针对的是三年前分手那件事，还是我懒得送他下楼这件事。

我考虑了一下，觉得无论他针对哪个问题，我都是错的一方，所以道个歉也不是不可以，于是我并拢脚跟，双手贴裙缝，准备以一个标准军姿真诚地跟江辰道歉。但江辰没让我完成这一系列动作，他最后看了我一眼就下楼了。

这回我倒是读懂了他的眼神，无非是讨厌、厌恶、恶心之类的。这个我可以理解，我也挺恶心我自己的。

A Love So Beautiful

第五章

几天后，出差回来的庄冬娜打电话来致谢，大意是她知道了江辰没有对我好好表达谢意，她觉得她家江辰不太懂事。她的原话是："你知道的，我们家江辰不是很care人情世故，不过这也是他的优点，I kinda like it，呵呵。"

庄冬娜是英语专科毕业的，讲话老爱夹英文，以前网上聊天也爱夹英文，比如说："我这个周末要出差，回来再开会"，她会打"我这个weekend要出差，回来再开meeting"。

后来有次司徒末说她实在受不了了，就天真无邪地问庄冬娜："你老是切换输入法，不累啊？"庄冬娜从善如流地改了切换输入法的毛病，司徒末对此深感欣慰。

庄冬娜提出为了答谢和赔礼，他们想请我吃顿饭。我婉转地回绝，但可能是我太婉转了，以至于她完全没能听懂我的不情愿。总之她自顾自地报了时间地点就把电话给挂断了。

由于我将要被霸王硬上弓地请吃饭，所以心情很不好，所以作为同事的傅沛和司徒末莫名其妙地被我辱骂了好几次，气得司徒末说她要辞职回家让老公养着，我针对她搬出老公当靠山这事又辱骂了她一番，最后逼着她承认自己对不起国家对她的栽培，是丧尽天良的寄生虫，我心情才勉强好了一点。

下班前我接到苏锐的电话，我在宴会后莫名其妙地成了他的朋友。

那次宴会的衣服被我丢到洗衣机里，出来后我怎么看都觉得像一团烂菜叶，于是我拎着衣服去找苏锐，他用一个长得像吸尘器的机器把衣服烫回飘逸的模样。他告诉我那机器叫挂烫机，我告诉他在我心目中那就是吸尘器。然后我们就吵了起来，他说我不尊重他，我说他小题大做，吵到吃饭时间他就带我去吃饭，吃完饭我付了钱，他就宣布我们不打不相识地成了朋友。

苏锐说他在我公司附近办事，问我下班后要不要一起吃饭，我跟他说我要去跟江辰和江辰的女朋友吃饭。他对我表示同情，并且自愿陪我去，他说他去帮我壮胆，但我觉得他想蹭饭。

我考虑了一下，觉得孤身一人去见前男友贤伉俪真的有点凄凉，就捎上苏锐了。

我们俩到餐厅时他们还没来，我俩聊了一会儿发现话不投机差点打起来，于是苏锐就跟服务生借了两支笔，我们各自摊开餐巾纸画图，他画服装设计图，我画插画。画完后江辰他们还是没到，于是我们就交换画作评论，苏锐说我的插画幼稚，是给小孩看的；我说他的衣服丑陋，不是给人类穿的……幸好在大打出手前江辰和庄冬娜到了。

“你们总算来了。”我笑着埋怨，强迫自己把眼睛从她挽在江辰手臂上的五爪上移开，“再慢点就赶上替我收尸了。”

庄冬娜笑着解释：“我说我们分头过来，可他非得绕去公司pick我，就多绕了一段路，sorry。”说完她顿一顿，看向苏锐道：“这位是？”

“我是苏锐，小希的朋友，我姐和江医生还是同事呢。今天本来是要约小希吃饭的，她说约了人，我就死皮赖脸地跟来蹭饭了，你们不介意吧？”苏锐抢在我前面回答。

“Of course no，人多热闹嘛。”庄冬娜说，回头对正在替她拉椅子的江辰嫣然一笑。

等坐定下来点完菜，突然谁都不再开口说话，场面有一瞬间的冷凝。我看向对面的两人，似乎都没有想要救场的意思，作为一个面对冷场会背脊发麻的人，我只好求救地看着苏锐。

苏锐顺手抄起桌面上的餐巾纸递给庄冬娜：“我刚刚替小希量身定做的设计图。”

庄冬娜接过，仔细瞧了一会儿赞道：“You are so talented，这衣服很漂亮很fit小希呀。”说完还推到江辰面前，“你觉得呢？”

江辰漫不经心地扫了一眼：“嗯。”

作为几分钟前才侮辱过这衣服不是人穿的我，面对这样的夸奖只好含泪干笑着附和。

苏锐摸摸头，羞涩一笑："我随便画的。不知道为什么，小希很适合我设计的服装风格，上次江医生带她上我那儿买衣服我就发现了。不过那时我还以为他们是男女朋友呢。"

我忙跟庄冬娜解释："你让我替你陪他参加宴会那次。"

庄冬娜笑而不答，倒是江辰抬头扫了我一眼，这是他进来到现在第一次正眼瞧我。我多年被他欺压惯了，一见他看我就忙不迭地露出讨好的笑，笑完后换来他漠然的目光就觉得我怎么这么奴颜婢膝……

江辰点的餐最先上菜，七分熟的牛排在石板盘上嗞嗞作响，他拿叉子挑破旁边还荡漾着的荷包蛋，蛋黄缓缓流进冒着烟的盘子，热油嗞一下劈啪乱溅。江辰顺手拿起手边的餐巾纸挡住飞溅的油星，完了还用纸巾把盘子边缘擦了一圈。

我知道那餐巾纸是苏锐的设计图，看着江辰随手把它揉成一团，我心里就有种莫名的痛快。

苏锐和庄冬娜天南地北地扯着，我有时也搭几句，而江辰几乎是不说话的，即使话题转到了他身上，他也会不冷不淡地把话题扯开。

这顿饭我还是吃得无比堵心，江辰虽然不说话，但庄冬娜却不时附在他耳边说悄悄话，说时眼睛骨碌碌地望着我，似笑非笑。

苏锐气不过，也学着附在我耳边小声道："她明显刺激你呢，太没品了。"

我一掌推开他：“别在我耳边说话，恶心。”

苏锐好脾气地笑：“难道你还会害羞？”

我端起玉米浓汤：“你可以试试看我会不会恼羞成怒。”

苏锐忙摆手：“我错了我错了！”

我满意地把碗摆回原位，这才发现庄冬娜正盯着我们看，笑得一脸饶有兴味。我用眼角的余光瞟了江辰一眼，他若无其事地切着牛排，动作熟练优雅。

他的表情突然让我想起大学时我常陪他在宿舍里用猪皮和猪小肠练习缝合和打结，他那股沉默认真劲儿总让我觉得像在看变态外科杀手之类的电影。

“小希，我看苏锐对你挺好的。”庄冬娜笑着说，还寻求支持似的偏头问江辰，“是吧？”

江辰用一种看诊的眼神扫视了我们一遍，不冷不热地吐出一个字：“是。”

苏锐丝毫不知羞臊，手舞足蹈地附和：“陈小希，你看都说我好呢，就你一人不识货。”

我不知为何忽然失去了和他斗嘴的兴致，有气无力地回答他：“我也觉得你特好。”

不知道是我的语气在空气的传播中被扭曲了，还是苏锐耳朵里耳屎之类的障碍物太多导致声音失真。总之他似乎当真了，先是一愣，然后忽然双眼柔情似水地盯着我，对着我羞涩地笑，脸就蛮不讲理地通红了起来。

我吓得手脚发凉，摸着脖子说：“你无缘无故脸红什么，别对我笑，你笑得我心里发麻。”

苏锐笑盈盈地看着我手足无措，我看着他脸上的红晕跟退潮似的神奇地退去，狐疑地道："你耍我吧？"

他瞟了我一眼，什么都没说，低头安静地吃起海鲜烩饭来。

他那突如其来的娇羞让我浑身不自在，像是一群蚂蚁列队从脚底板缓慢地爬上我的身体，爬上我的头皮……

我几乎是狼吞虎咽地把剩下的意大利面给吞完，期间还差点呛到，苏锐很好心拍着我的背："你小心呀，别被噎死。"

我刚想说有你这么说话的吗，江辰突然开口了："放心，她死不了，面从鼻子喷出来都死不了。"

我挥开苏锐的手，恶狠狠地瞪江辰。

他说的是我和他第一次正式约会发生的事情。我们那时去的是学校附近唯一一家西餐厅。我当时心里特紧张，既有天上掉馅饼恰好被我捡到的侥幸，又有怕那往人间丢馅饼的人后悔了来跟我要回去的忐忑。

我发着蒙点了一盘意大利面，然后就一直埋头吃面。就在我吃得热火朝天时，坐对面的江辰突然冒出一句："陈小希，你今晚陪我吧。"惊吓过度导致我呛得眼泪鼻涕横流，最可怕的是一个剧烈的咳嗽让我把嘴里的面从鼻子里喷了出来……

我看着那截挂在玻璃杯上摇摇欲坠的面条，心里万念俱灰，哭着求江辰跟我分手，并保证以后再也不纠缠他。

江辰边用纸巾帮我擦眼泪鼻涕边安慰我："我什么都没看见，真的没看见……"

我哭倒在他怀里。我们舍弃了牵手、搭肩、搂腰等循序渐进的步骤，在首次约会直接跃进到相拥，也算是收获颇丰。

后来江辰说他只是想让我陪他去通宵教室看书，因为他们很快就要考医学“四大名补”之一的《病理学》，这事在很长一段时间里都是江辰攻击我思想肮脏的论据。

我狠狠地瞪着江辰，江辰冷冷地瞟着我，空气中好像有火苗在噼里啪啦地烧着。

“不好意思，我们家江辰开玩笑呢。”见气氛不对，庄冬娜忙出来打圆场。

“没关系，我们家小希不会介意的。”苏锐像是要帮我争口气似的说。

……

我嘴角抽了一抽，得，都成一家了。

我想，也只有我们小时候流行的一首爱国歌曲能够解释他们这段对话中感情的亲疏程度了——“我们都有一个家，名字叫中国……我们的大中国呀，好大的一个家……”

吃完饭，庄冬娜以女主人的身份大方而客套地提出让江辰送我们回家。考虑了一下地点、时间以及叫车的费用，我和苏锐大方而无耻地接受了这个恩惠。

我以为庄冬娜会全程陪送我们，但没想到身为医生的江辰以其医生实事求是的办事效率，根据我们仨住址的地理位置规划了一条最省事的路线。于是在苏锐下车十分钟之后，庄冬娜也到家了，她下车前深深地看了我一眼，我把她这一眼臆想为：你离老娘的男朋友远点，以及都是你这死电灯泡，害老娘不能跟男友吻别！

当车里只剩我和江辰时，为了避免晚餐时的剑拔弩张，我只好闭上眼睛装睡。但不知道为何，车停在路边迟迟不开，让我装睡装得很不安稳。

就在我挣扎着究竟是要死装到底还是醒来问清楚情况时，江辰的声音突然传入我耳朵，他说："陈小希你少给我装死，车熄火了，下去推一下。"

由于我笃定我这辈子买不起一个轮胎，所以我对车的品牌和构造只存在最浅薄的字面了解。比如说，BMW是所有车里最贵的，因为它名字里有个宝字；Benz是所有车里跑得最快的，因为它谐音奔驰，大众汽车是最平民化的汽车，因为它的名字很亲切；而其他品牌的车子都是出来打酱油的。

江辰的车子，是酱油车。

电视里也常演车子熄火，所以我坦然地接受了江辰的酱油车熄火了这一事实，边下车边小声嘟囔着破车破车，熄火熄火。

只是不知道是我力大无穷还是酱油车熄火也熄得很随意，总之我随便一推，它就腾腾腾地往前进了，搞得我连成就感都不好意思有。

我小跑上去要拉开车门，却发现江辰把车门锁了，我瞬间火大，用小人之心猜想着江辰肯定是故意骗我下车耍我玩儿来着，于是我掉头就走，走得异常缓慢——走只是为了走个气势走个自尊，不能真走，实在是这地方真不好叫车。

幸好江辰倒着车跟上来了，我琢磨着他现在不是我男朋友，难得他还愿意给我台阶下，有台堪下直须下，莫待无台空跳脚。于是我赶紧去开车门，但门还是锁着的……

我忍不住破口大骂：“江辰，不带你这么糟蹋人的，你要不想送我回家你就直说，你不开车门是什么意思？”

前门的车窗缓缓降下来，江辰的头从里面探出来：“陈小希，你有病啊，坐前座来！”

……

我摸一摸耳朵，讪讪地开了前车门，坐进去系好安全带后语重心长地对江辰说：“我刚刚那是跟你开玩笑的，但你骂人就不对了。”

江辰不理我，一脚把油门踩到了底，我摸着安全带一阵庆幸，幸好这安全带系得快，不然我早就从挡风玻璃飞射出去了，十分钟后警察叔叔就该带着粉笔来画我的尸体轮廓了。

江辰呼啸了一段路，大概想起生命诚可贵了，速度慢慢缓了下来。我这才舒了口气，收起贪生怕死的嘴脸，换上一副老娘见惯大风大浪的淡然面孔。

一路无言地到了我家楼下，江辰踩下刹车：“到了。”

我边解开安全带边道谢：“谢谢你请我吃饭和送我回来。”

他只是微微点点头，丝毫没有要和我寒暄的样子。我便开了车门准备下车，只是脚还没跨出车门，手机就响了，于是我边下车边从袋子里掏手机，踏上马路时刚好手机也找出来了，是苏锐。

“喂。”

“陈小希，你到家了没？”苏锐的声音含含混混的。

“刚到。”我转身关车门，只是我才把车门碰上，准备跟车里的江辰摆手示意时，车就跟离弦的箭似的咻一下绝尘而去。

“行了……”耳边传来苏锐一大串含混的话，我苦笑着收回悬在空中的手，“你好好讲话，我听不清楚。”

苏锐说：“我吃着冰淇淋呢，我说我还怕江医生把你送去毁尸灭迹呢，医生杀人最无形了。”

我撇嘴：“你也太娘了吧，居然吃冰淇淋。”

“谁说吃冰淇淋娘的！”苏锐大叫，“我爸也吃冰淇淋的！”

我大笑：“那只能证明你爸也有女性特质。”

“喂，讲到我爸就伤感情了。”苏锐的声音可以听出来他也在笑，“虽然我一直怀疑他娶我妈生了我和我姐只是个幌子，我还让我姐夫把我爸抓去研究一下呢，可惜他不敢。”

“生你还真不如生块叉烧。”我边说边在包里捣腾大楼的钥匙，“唉，你还有事吗？我找不到钥匙，得专心找钥匙。”

“没事了，你真无情，拜拜。”苏锐讲话又含含混混的，估计又吃冰淇淋了。

“拜拜。”我把手机扔进包里，然后就着微弱的路灯翻着包，突然一辆车开来，车灯亮得刺眼，我下意识地抓起包包挡住眼睛，我以为车会很快开过去，但它却停在了不远处，车灯未灭，似乎更亮更刺眼了，我努力适应了强光后缓缓把包放低，看着强烈的光束中缓缓朝我走来的人。

江辰。

那个陪伴我度过最单纯最美好岁月的江辰，那个我最爱的江辰，仿佛穿越了时间的无情，宇宙的洪荒，突然又站在了我面前。

我咬着下嘴唇苦笑，难怪警匪片里警察拷问犯人时都爱用强光照着犯人，原来那会让人瞬间想把一些封藏在脑海深处的东西倾泻而出啊。

“陈小希。”江辰低头叫我。

我仰头看他，强装平静地对他微笑：“你怎么倒回来了？”

我拼命地压抑着内心深处的汹涌澎湃，拼命忽略那个叫嚣着“你把这个要人命的死男人追回来”的声音。

他伸手到我面前，摊开掌心：“你的钥匙掉我车上了。”

“大概是刚刚我找手机时掉出来了。”我从他掌上拿过钥匙，“谢谢。”

电影中那些风尘仆仆回头的男主角，从来不会只是回来送一把钥匙，我真没有女主角的命。

江辰却未如我想象中那样掉头就走，他只是站在原地看着我，让我强烈怀疑是否应该给他鞠个躬或者跪一跪以表示谢意。

也不知过了多久，他说：“陈小希，我很忙，我有很多事要做，你明白吗？”

我赔笑：“明白，害你多跑了一趟，不好意思。”

他还是不动：“你知道我不是在说这个。”

我摇头：“我不知道。”

他的表情忽然凶狠了起来：“你非得让我说明白？”

我点头：“说明白。”

他是真的生气了，因为他生气时会把嘴抿得紧紧的，逼出一个比笑时要深上些许的酒窝。我眯着眼睛端详那个在背光的环境里比他脸上其他部位要更暗的酒窝，心里突然有一股奇特的冲动，而在我反应过来时，我已经伸出手，用食指连戳了两下他的酒窝。

他一定没料到我会突然有这么个动作，因为我也没料到。

双方都没料到的下场就是，我们都非常震惊，以至于他看着我，我看着他，相对无言。

最后他干咳了两声："你什么意思？"

我真诚地看着他："我不知道。"

江辰长叹了口气，他的气真的很长。他无奈地说："你怎么什么都不知道？"

我咬一咬上嘴唇："你什么都知道你就告诉我。"

他表情复杂地盯着我看了片刻，像是下定什么决心似的，又像是破罐摔碎似的，沉声说："跟我道歉。"

我一愣："什么？"

"跟我道歉。"他又沉声重复了一遍。

我有点不可置信，你说你用这么沉着成熟的声音说这么幼稚的要求还这么理所当然，你是怎么了？

"道歉。"他不耐烦地催促道。

面对江辰，我总有着莫名的卑微，这份卑微使我会不由自主地对他言听计从，于是我用力地捏着手里的钥匙，小声地说："对不起。"

他轻轻地舒了一口气："没有下次了，知道吗？"

我点头，隐约觉得我们在谈论的似乎不是同一件事，事实上我们的确不是在谈论同一件事，因为江辰突然极温柔地对我笑，他说："过来。"

我不明所以地朝他走了两步，他俯身，吻住了我。

那是很绵长的一个吻，非得让我形容，就是我觉得我吞进去的江辰的口水大概有一瓶罐装可乐那么多。

A Love So Beautiful

第六章

A Love So Beautiful

我在经过了这番犹如天打雷劈五雷轰顶的重创后，自然是不记得如何上楼洗漱和躺到床上的。

在床上躺了至少半个小时，我才慢慢缓过来，我开始想这究竟是我日有所思夜有所梦呢，还是江辰脑子抽风；是我幻想过度呢，还是江辰鬼上身……任我左思右想都想不出合情合理的解释，于是只好告诉自己说就当被狗咬了。

回味着被狗咬了的滋味，我慢慢入睡了。

第二天起床我腮帮子异常的疼，大概是因为昨晚我做了层出不穷的梦，梦里都是江辰和那个吻，为了那个吻，我们频繁过度地使用了唇舌，我觉得这样不好，我有点害臊。

在去上班的地铁上手机响了，我盯着屏幕上闪烁的“庄冬娜”三个字吓得直哆嗦。此刻我万分佩服社会上的小三一族，她们该有多强大的心理素质才扛得住和正室对峙时的那份心虚呀。

我咽了咽口水接起电话：“喂。”

“Hey,it's me.昨晚怎样啊？”庄冬娜的声音听起来很快乐。

我一开口就差点把舌头咬了：“冬娜……我……那个……”

“哪个啊？”她追问。

我想说我对不起你，但又觉得我好像也挺无辜，于是那个了半天都那个不出来，只好快速地说：“我现在在上班的途中，地铁上人太多了，我待会儿再给你打电话。”说完就径自把电话挂了。

今早的地铁人实在不多，我话音一落，这节车厢中仅有的六七个人就齐刷刷地看着我，他们的表情好像在说：看这说瞎话的不要脸，一看面相就是做小三的，肯定不得好死……

不得好死的我灰溜溜地躲到车厢角落里给司徒末打电话，简单地跟她说了事情的经过，请求她以一个人妻的身份来判断我这样罪至不至死。

司徒末安慰我说你不要怕，像庄冬娜这样的女人最严重的报复手段也就是抓着你的头发去撞墙而已。最后她还让我给傅沛打电话，她认为作为玩弄了无数女性还没被抓去关的典型，傅沛一定可以告诉我要怎么处理这种游离在道德边缘的情况。

傅沛听了我避重就轻的描述后，口气显得很不屑一顾，他说你大清早打电话来扰人清梦就为了这屁大点儿的事啊，这种事当然是男人去解决，你瞎操心啥？

真不愧是花丛中人，果然一语惊醒梦中人。

我挂了傅沛的电话打给江辰，为了给自己充足的底气，电话一接通我就噼里啪啦道："江辰你听着，我不管你昨晚为什么要亲我，但亲了就是亲了，我必须指出你这样的行为是非常不对的，你现在有女朋友，你这么一亲就是逼我往小三的道路上走……我妈说了，破坏别人感情的小三都会有报应的。没错，我是还爱你，但你少瞧不起人了，我坚决不做小三……"

我停下来喘口气，发现电话那头一片安静，以为江辰在反省呢，于是决定乘胜追击："你要是觉得昨晚只是一时冲动，我也就当什么事都没发生，你要是说你对我余情未了那咱们得照着程序来，你得先跟庄冬娜说清楚了，然后你得追求我……你干吗一直不讲话？"

"呃……我是苏医生。"电话里传来女声，"江医生不在，我看他手机响了很久，屏幕上显示的是你的名字，我就帮忙接了。"

我顿时如遭晴天霹雳，想到我刚刚讲的那些无耻话都落入了她的耳朵，我就很想吞手机自尽。

我咬着牙埋怨她："你接电话怎么不出声呀？"

她说："你讲太快了，我来不及出声。"

我想不对呀，又说："可我明明中间歇了一会儿喘气的。"

她说："哦，那个时候我已经听上瘾了，觉得太精彩了我就不忍心出声。"

……

我实在是不想使用脏话问候恩人，只能忍气吞声地说：“好吧，麻烦你让江辰回个电话给我。”

“等等呀，我说你真喜欢江医生啊，那我弟怎么办？”苏医生很着急地说。

我一头雾水：“关苏锐什么事？”

她说：“我弟喜欢你呀。不如我给你出个主意，你也别当那吃回头草的小三了，挺缺德的，你就跟了我弟吧，等他到法定结婚年龄你们就把结婚证书领了。”

我隐约觉得不对：“你说什么，苏锐今年几岁？”

她说：“十七呀。他去年不肯参加高考，说要自主创业，就出来开店了，他店里的衣服都是自己设计的呢，我觉得我弟是个天才，他是个潜力股呀，你就跟他在一起吧，我们家也不会嫌你老的。”

十七啊……这孩子怎么这么显老呢。

我无力地说：“你别开玩笑了，勾引未成年我会坐牢的。”

她又接着规劝：“我觉得姐弟恋挺好的，采阳补阴，你也不容易老。”

我由衷地觉得，苏氏姐弟是老天看不惯我在人间撒欢，特地派来收拾我的。

于是我把手机拿远了点，用缥缈的声音说：“什么……啊……地铁里……信号……号……不好……我得上班了……拜拜……”

我收起手机，抬头想松口气，发现整节车厢的人都齐刷刷地盯着我，眼神里满满的都是不齿。我下意识地张了张嘴想解释点什么，最终选择了转过身对着车厢壁。

身后传来不大不小的对话声："唉，现在的年轻人呀，扯谎都扯不好，周末上什么班。"

"是您跟不上时代了，有些职业就是周末和晚上的生意才好。"

"勾引未成年啊，应该枪毙。"

"唉，这您就不懂了，人家叫恋爱不分性别年龄身高。"

……

我在下一个站逃也似的出了地铁，然后坐了相反方向的地铁回家，为什么我忘了今天是周末呢……

折腾了一个多小时我才回到家，这个时候我也累得懒得去追究那错综复杂的感情了，我决定用无限美好的假日来睡一个冗长的大头觉。我还特地把手机关了，以示再惊心动魄的恋爱，也抵不上无忧无虑睡觉来的畅快。

关机，换上睡衣，在床上翻来覆去却总也无法平静，脑海里充斥着地铁里那些人的目光，总觉得不做点什么我死了以后一定下地狱。

于是我爬起来开机准备打电话给庄冬娜，手指在拨出按键上停留了几秒，最后还是勇气不足，只发了一条短信过去：昨晚江辰亲了我，我发誓我没有勾引他，对不起。

电话如我所料很快地响了起来，庄冬娜告诉我一个震撼的消息，她说，她和江辰本来就没有交往，她只是受江辰所托演几场戏而已，报酬是她以后上医院看病能得到亲人般的呵护。我一时不知怎么回应这件事，只好对这项交易表示惊讶，毕竟这报酬也挺不吉利的……

最后庄冬娜问我，能不能给她介绍昨晚一起吃饭的苏锐，我告诉她苏锐只有十七岁，她使用了一个“F”开头的单词结束了本次通话。

挂上电话，我觉得有必要好好厘清一下自己的心情，于是捧了杯茶坐在窗口，营造出我在沉思的意境。

分手三年了，我真的没有在等江辰。我想着找一个人，也许眼睛像他，也许酒窝像他，也许和他一样喜欢喝农夫山泉，又也许哪儿都不像他……然后我们恋爱，结婚，长相厮守。我会爱他，就像爱江辰那样，毫无保留。

而那个我没有在等待的江辰，阴差阳错地又回到了我面前，而且似乎他跟我不一样，他在等我，如果没有，我也决定要这么误以为下去，谁让他找人假扮情侣，电视剧里男女主角都是用这招来惹对方吃醋的，虽然他提供给庄冬娜的报酬让我怀疑他其实更可能是在帮医院拉客。

我在心里默默把江辰塑造成一个苦苦等待我的回归和为了我不择手段的人，并且分析之下觉得这事挺娱乐，一时也不知道应该怎么来评价江辰做出这等幼稚事的智商。但江辰在感情上的智商向来不高，在这方面我深有体验。

比如说我们的初吻。

那时我和江辰交往了大半个月，进度一直停留在牵手交流手汗这类浅薄的阶段，偶尔江辰雄性荷尔蒙多了，会亲一亲我的脸颊，很是单纯以及美好。

但我们宿舍里恋爱经验丰富的林晓指出这个进度相比一般青

年男女的恋爱来说严重滞后。我很苦恼，认为是我自身的魅力不足，不足以让江辰为我产生男青年应有的冲动。为此我号召了全宿舍一起检验我的缺点，最后得出的检验结果是我女人味不足，而对于我们这群没出过象牙塔的人类，女人味就等同于穿裙子，还最好是低胸的。

其实这是个偏见，女人味真跟你露出两条光腿或者两片胸前肉没什么关系。

于是无所不能的室友们帮我找了一条袒胸露乳的裙子，我在宿舍里炫耀了几圈，她们纷纷表示感受到了女人味扑鼻而来。

然后我就妖娆地去和江辰约会了，坐在操场边的长凳上，江辰的确显得心猿意马，我觉得很有成就感，就把裙摆又往上撩了一撩，只是一撩就看到大腿上并排着几个被蚊子咬出来的红色大包，只好把裙摆又拉了回去。

江辰跟我说他们医学系的趣事。他说上一届有几个学长，做完实验后把羊腿偷回宿舍煮火锅，吃完后整个宿舍的人昏睡了两天，原来那羊被打了大量麻醉药；他说有一次他们系宿舍抓到小偷，一群人围着小偷就是一阵狂揍，小偷实在受不了就装死，有人从寝室里翻出听诊器，下诊断说此人心跳强而有力，于是大家揍得更欢快了；他还说……总之江辰突然变成了个话匣子，而身为女朋友的我只好赔着笑，而且还笑得花枝乱颤，不然显得不给面子。

说着说着，他突然问我："你喷了香水吗？"

我没有，所以我坚定地摇了摇头。

他狐疑地看着我，深吸了一口气："我明明就闻到一种什么味道。"

我用力地吸了好几口气，恍然大悟："噢，你说这个呀，是花露水的味道，我腿上被蚊子咬了。”

他将信将疑：“闻起来不像花露水。”

我回想了一下，挠着脑袋：“花露水不够凉，我还擦了些风油精。”

……

他不再说话，我也不知道自己说错了什么，但我猜他并不喜欢我身上的味道，于是悄无声息地挪到长凳的最边沿，半个屁股悬在空中。

我们就这么僵持在操场边的一条石凳上。

最后他突然恼怒地说：“陈小希，你过来。”

我想他该不是要揍我吧，我听说有一种类型的男朋友是以揍女朋友为乐的。但我还是边横向挪动着屁股边问他：“干吗？”

“给我亲一下。”他回答。

我僵在长凳三分之一处，不知道怎么办，虽然他提出的这个要求是我的最终目标，但我还是不争气地吓傻了，我就是传说中有贼心没贼胆的那种人。

“快点。”他催促道。

“哦。”我下意识地迅速挪到他身边，他身边的石凳有点冰凉，我僵直地坐着，像一块石板上再垂直竖上一块石板。

江辰扳过我的肩膀，力度非常之大，以至于我不得不哎呀一声提醒他别把我的肩膀拧脱臼。

他说：“你哎呀什么，你怎么那么不解风情？”

说完他就把嘴唇贴了上来，我想不带这样的啊，你不能批评完我不给我辩解的时间就堵住了我的嘴，你这又不是在付封口费。

后来我问他是不是被我穿裙子摇曳生姿的模样吸引了，他说没有，你小腿挺粗的；我又说莫非是被花露水加风油精的味道吸引了，他说没有，闻起来像福尔马林；我不死心地说莫非是操场上的虫叫把你的兽性叫唤出来了，他说你神经病是吧；我说那究竟是为什么，他说就亲亲看嘴唇的皮肤组织和一般皮肤组织的触感有什么不同。

……

我那个花瓣般浪漫的初吻梦，就这么被他无情地糟蹋了，我还不如把初吻献给路人……

就在我懊恼着当年没把初吻献给路人和回忆着这辈子见过最帅的路人时，门铃响了，我心里跟电梯失重似的咯噔了好几下，深吸了一口气，准备端一副晚娘面孔去应付江辰，兴许还能换来他几声哀求，以弥补我年少时多年的苦追。

只是因为实在太高兴了，我伸去拧门把的手抖得跟拿着张两千万的支票似的。

我哆哆嗦嗦地开了门，还没看清来人，就被一个熊抱勒得差点断了气，我以为江辰激情爆发了，欣慰地拍着他的肩膀说：“你别激动，别激动。”

才说完就闻到一股浓烈的古龙水味道，于是用力推开抱着我的人。

眼前站着的人，细长的眼睛，眼尾上挑，歪着嘴角笑，嘴角扯出两道弧线，真是邪邪中带点那个不羁呀。

他是吴柏松。

我必须承认，我从来都不是勇敢和坚持的人，这辈子最勇敢最坚持的事就是倒追江辰，但即使是这件事，江辰给的评价也不高。他说你像只吃过猫粮的猫，见了老鼠只会靠天性追逐，但如果见了鱼，又会很快被诱惑走的。在他神来一笔的比喻里，我是猫他是老鼠，而吴柏松就是——那条鱼。

也就是说，吴柏松是我单恋江辰的荆棘道路上的一个小插曲，我把这小插曲形容为得不到爱的路途中捡到其他的小美好。江辰形容得比较直接犀利，他用了两个含有植物的成语来形容——水性杨花，红杏出墙。我觉得他实在是误会了。

吴柏松是高一下学期从外地转到我们班的，他背着书包跟在班主任身后进了门，在脑门光秃说话嘴角带沫的猥琐班主任衬托下，转学生浓密过耳的棕色头发，斜着嘴角微笑的样子是多么的惊为天人。

他笑着点点头："大家好，我叫吴柏松。"

他低头的瞬间，我觉得有一道光一闪，这才发现他耳垂上有一个闪着亮光的东西，大概是耳钉。

对于来历不明的转学生，大家心里都是澎湃着好奇的，对于一个耳朵上戴着耳钉且没被老师强迫切掉耳朵的来历不明的转学生，大家的好奇心更是汹涌着即将破表。

作为好奇教的教主，我被无耻的众人用众望所归的花言巧语推上去跟转学生谈一谈。

于是我的开头就是：新来的同学，我们谈一谈吧。

他正在往课桌抽屉里装书，听到我的话动作停滞了，抬头看我："谈什么？缴保护费啊？"

我挠挠头，不明所以："什么保护费？"

他把手里最后一摞书塞到抽屉里，直起身，歪着嘴角笑："开玩笑的，我叫吴柏松，你呢？"

我明显地听见我身后传来几声倒抽凉气的声音，和窸窸窣窣的"陈冠希"……我愈听愈火大，转身叉腰对身后的女同学们吼："什么陈冠希！我叫陈小希，要跟你们说几次，这个不好笑，不好笑不好笑不好笑！"

虽然当时陈冠希"门系列"的伟大创举还未发生，但还是有不少无聊人士喜欢反复用我们的名字来开玩笑，我常常被逼抓狂，不好笑呀不好笑，这究竟哪里好笑了……

一群同学被我吼得发怔，半晌才有一个人幽幽地说："我们是说他笑起来像陈冠希，你也太敏感了吧……"

……

我那个……不想活了。

吴柏松在我身后笑着问："你叫陈小希呀？"

我背对着他点点头："是啊，欢迎你到我们班。"

说完就头也不回地逃回座位，趴在桌子上装死，正装得炉火纯青，自己都以为自己真的死了时，背后被什么东西戳了一戳，我有气无力地转头，坐在我后桌的江辰食指和拇指夹着一支圆珠笔晃着："你的笔掉了。"

我顺手接过："哦。"

"多管闲事吧。"江辰一脸幸灾乐祸，"'陈冠希'盯着你笑呢。"

我侧头看了一眼吴柏松，他果然在看着我微笑，我只好挤出一个笑勉强响应，然后转身趴在江辰的桌子上哀号："好丢脸啊，我不活了。"

他用手里的练习本敲了一下我的头："活该，嫌丢脸以后就别上去瞎凑热闹。"

我对江辰的打击早就练就一身刀枪不入，还能涎着脸问他："我要是找他玩儿，你会不会吃醋？"

他睨我一眼："我谢谢他。"

……

吴柏松的到来，为我们这个偏远学校的男学生注入了一股新鲜力量，一时间女生们奔走相告：高一六班来了个打扮相当独树一帜，笑起来神似陈冠希的新鲜好货。

吴柏松的风头一时盖过了江辰，我为江辰惋惜不已，江辰说我脑子有病。

为了表示我对江辰校园第一风云人物地位的拥护，我对"吴柏松现象"表现得嗤之以鼻，并且不止一次在公开场合对吴柏松的相貌发表了高昂的批评，其中包括了他那头被无数女生美化为日系发型的棕色头发和欧美系耳钉。我说头发发黄那是营养不良，耳钉那是娘娘腔。我还说，他把自己整得一副不良少年的样子，学习成绩一定很烂，一定不是好人，是小混混，说不定还吸毒杀人。

但是吴柏松在我锲而不舍的糟蹋下，表现出了同龄人中少有的大度。无论何时，我只要一和他的眼神对上，他就会对我微微一笑，眼神里盈满笑意，仿佛一个父亲在看他调皮捣蛋的儿子。

反倒是江辰的反应让我惊讶，他某次突然把我叫到一个昏暗的角落，我以为他要对我倾诉爱意或者上下其手，所以我心中忐忑着兴奋。

岂知他严肃而认真地跟我说："陈小希，我不想听到你说吴柏松的坏话。"

我按捺下失落，问他："为什么？"

"造谣是不对的。"他只是这么说。

我点头如捣蒜并且表示悔不当初。

我那时对江辰有一种很莫名的崇拜，即使他说天是绿色的，云是蓝色的，大便是七彩的，我也会点头跟着说对，你说得都对。

当然，我也很庆幸我脑残时期崇拜的是这么一个人，他会告诉我有些事情是不对的，而那些事真的就是不对的。

为了向江辰证明我是真的洗心革面，我撕了我同桌一张上面印有F4照片的笔记本纸，在数学课上给吴柏松写了一张声情并茂的忏悔小纸条。

具体写了些什么我已经忘了，但我记得我收到了他的回条，写在一张草稿纸上：没关系，但是我叫吴柏松，不叫吴松柏。

他的纠正让我意识到他名字取得十分之纠结。这使我想起小学暑假作业中的某一道题：写出与下列词语构成相同的词语"蜜蜂——蜂蜜"。而我之所以记忆这么深刻是因为我的答案让老陈狠揍了我一顿——"流下——下流"。

经过这事之后，我对吴柏松的好感度明显上升，觉得他实在是个以德报怨的好人，并且觉得他耳朵上那颗耳钉真是闪闪惹人爱。

但诡异的是，吴柏松对我出奇的好，他会从小卖部给我买各种各样的零食，他会教我英语（我猜对了，他的成绩的确很差，除了英语，他的英语居然是全校第一，其他科目分数都是个位数的），他会在突然降温时把他的外套给我……有一次我放学后留下来出黑板报，他居然从宿舍煮了泡面端到教室给我（他是学校里唯一的住宿生，自己住一间教师宿舍），那碗泡面里还卧了个鸡蛋。我被泡面的热气熏得一阵眼酸，边哧溜哧溜地吃着泡面边问在帮我往板报上涂色的吴柏松："你干吗对我那么好呀？"

黑板上我画了个少女，那少女十分贤良地捧了本书，吴柏松正在往那本书的封面上涂黄色。

吴柏松头也不回："哪来那么多原因。"

我一想，觉得这人该不会是看中我了吧，但又想怎么可能，他又没瞎……我的自信在江辰那里已经魂飞魄散很久，估计连得道高僧都招不回来了。

于是我就着漫天飞舞的粉笔灰吃着泡面，偶尔也问他一两句："你原来在哪儿上的学？为什么转到我们学校来？"

他已经在给少女的裙子涂粉红色了："T市，我爸让我高二就出国念书，学校什么的都联系好了，所以我就说我要回爷爷的家乡看一看。"

"啊，那你不是很快就走？"我突然觉得很失落，他要走了，以后谁来填饱我正在青春发育期的胃？

他随手丢了粉笔，转身跃坐上我面前的课桌："怎么，你舍不得我呀？"

我伸手拍了一下他在我面前晃荡着的双脚："你别晃，晃得我头晕。你走了我就该挨饿了。"

他没说什么，只是若有所思地看着窗外，我也傻愣愣地跟着转头看窗外，江辰正站在窗口，傍晚昏黄的光线中，他用他那超凡的气质恰如其分地表达了倩女幽魂里幽魂的那个部分。

不知道怎么的，看着他因为背光而糊成了一坨的身影，我突然就有了一种被“捉奸在床”的心虚，捧着那碗泡面就恨不得扣在谁的脑袋上。

江辰抬手敲了敲玻璃窗：“陈小希，我刚刚在巷子口遇到陈叔叔，他让我喊你回家吃饭。”

说完他就头也不回地走了。

我把碗往桌上一搁，就匆匆往外跑，吴柏松在我身后叫了两句陈小希。跑到教室门口时我听到他在身后说了句：你还没吃完呢。

我回：你倒掉吧，我回家吃饭了。

我跑了出去，却找不到江辰了，他的脚果然比我长了很多……

我在操场上发了几分钟的呆，又回教室去拿书包，吴柏松还在涂那个少女的裙子，我站在教室前门远远地看着，金黄色的余晖从窗户、门以及一切有缝隙的地方泻进来，粉笔灰在光束中群魔乱舞。

我朝他走去：“我忘了书包，还有面里那个鸡蛋我还没吃。”

他回过头来笑，一排门牙十分抢眼：“鸡蛋我吃了。”

我讶异：“你也太快了吧。”

他委屈地说：“你让我倒掉的啊，一个鸡蛋两块钱多浪费呀。”

他话还没说完，我就已经看到泡面上面的那个荷包蛋，翻了个白眼：“你好无聊。”

他耸耸肩，回过头去继续画，我拿着筷子把鸡蛋戳在了筷子上，拿起来觉得像把雨伞，于是很兴奋地邀请他看："喂，你看这像不像把雨伞？"

他侧头看了一眼，十分鄙夷："你不吃我吃了。"

话音才落，插在筷子上的鸡蛋突然就被他叼走了，我举着空筷子目瞪口呆，他应该被训练过叼东西吧……

也许那次江辰的匆匆离去短暂带走了我对他的迷恋，又也许知道吴柏松很快就会离开让我更加珍惜我们之间的友谊。总之我不再一天到晚围着江辰打转，反而是和吴松柏突然变得十分熟稔，犹如多年的老朋友。但在同学们眼中，我们已然是"小情侣"模样了。也不知道是不屑还是秉持清者自清的态度，我们都没多加解释，一见如故什么的太深奥了，这群才念高中的小屁孩是不会懂的。

在我们学校念了一学期，高一暑假吴柏松要出国了，他得坐长途客运去市内，转火车去Y市，再从Y市坐飞机去新西兰，我送他到客运站，拉着他背包的带子红了眼眶："你记得给我寄新西兰的零食回来……"

他拍拍我的脑袋，双手抱拳，挤眉弄眼："后会有期。"

车开时我拼命挥手，他打开窗户伸出头："我会给你寄新西兰的零食的。"

我含泪用力点头："要寄最贵最好吃的，还有，我们永远是最好的朋友。"

他笑着大叫："好。"

我记得回家的路上在巷口遇到江辰，他背对着我站在他家的电表箱前，用一把螺丝刀在挑着电线，汗浸透了他的白T恤，棉布软软地贴在他背上，隐隐透出肤色。

我忍不住好奇问他：“你在干吗？”

他回过头来，愣了愣才说：“你哭了？”

我揉揉眼睛：“吴柏松走了。”

他哦了一声，淡淡地说我知道，然后又回过头去挑那些红黄白绿的电线。

我又问他：“你到底在干吗？”

江辰突然把螺丝刀往牛仔裤口袋一塞，没好气地说：“数电线，不行吗？”

我被他这么一凶，头皮发麻，讷讷地说：“行啊，只是我还以为你在修保险丝。”

他的脸一阵青一阵白，半晌才低声说了句：“我是神经病。”然后转身回家。

我替他把大开的电表箱门关上，其实我也觉得他数电线的行为有点像神经病……

A Love So Beautiful

第七章

“陈小希，你不觉得让客人杵在门口是很不礼貌的事吗？”吴柏松敲着敞开的铁门，发出哐哐的声音。

我侧身让他进门，他一屁股坐在沙发上冲着我笑，我还沉浸在回忆和震惊中拔不出来，眼睛眨啊眨，他还是在那儿。

我定定地看着他，视线从他的海蓝条纹POLO衫移到他的NIKE球鞋，再移回他那十七八岁般青春永驻的脸上，苏锐真该跟他好好学学保养。

他突然从口袋里掏出什么东西，握成拳伸到我面前：“欠你的新西兰零食。”

我将信将疑地摊开掌心，他把拳头移到我掌心上方，松开，落下一包绿色包装的长条糖果，那包装，那气魄，那是相当国际型的糖果——绿箭口香糖。

他还是看着我笑，我撇开头，突然就有一股想流泪的冲动，我真的不是矫情，只是那是我年少时对我最好的朋友，他突然就这么不见了，又突然就这么出现了，好像没错过我的人生。

而且他看上去还是那么年轻，时间舍不得划过他的皮肤却对我的皮肤千刀万剐，我能不难过吗，我能不哭吗？

吴柏松一愣，着急道："你哭什么呀？"

我跺着脚朝他吼："这么多年你去哪里了？我跟男朋友吵架时找不到你，我失恋时找不到你，我失业时找不到你，我肚子饿时也找不到你……"

他笑着看我大吼大叫，拉我在沙发上坐下："你冷静一点，我又不是你的陈世美，你这么哭影响不好。"

我含泪瞪他，我这么梨花带泪，我这么楚楚可怜，我那是在祭奠我失去的青春岁月，在为我们扑朔迷离的友情哭坟，你少往自己脸上贴金了……

后来我们盘腿坐在沙发前的地板上，喝着凉白开讲着我们的过往。

吴柏松说："到了新西兰半个月，好不容易一切都安定下来时，我爸却打电话来说他的公司宣布破产了。"

我没有破产过，我家的财力也没有资格宣布破产，顶多只能宣布没钱，所以我不能理解此事的严重性，又不想显得无知，只好很同情很哀伤地说："呀！怎么会呢……"

天地可鉴，我这话是委婉的安慰，是悲天悯人的感叹，但吴柏松却详细地跟我解释起他爸怎么误信小人，怎么经营不利，怎么资金调转不过来，直把我说得双眼无神、表情呆滞，最后又说：“跟你说太多你也不懂。”

说完我不懂后，他又自顾在假设我懂的情况下跟我解释了一堆破产法的条款，听得我一头雾水还得假装很难过，最后实在忍不住了，拦着他：“别说了，我太难过了，你再说下去我都要给你捐款了。”

吴柏松认真地盯着我的眼睛：“你听不懂对吧？”

我耸耸肩：“好像是听不懂，不如你就从你为什么消失了直接讲吧。”

他苦笑了一声：“姐姐，我在他乡从大少爷跌落到要靠日夜打工过日子，你说我哪儿还有时间对你嘘寒问暖？”

我点头表示谅解：“那你现在是事业有成归国了？”

他瞪我：“你不觉得你应该先关心一下我那几年是怎么苦熬过来的吗？”

我说：“会的，但我关心的程度得取决于你是否事业有成。”

吴柏松作势要用手中的水泼我：“几年不见，变贫了啊。”

我得意扬扬：“国家教育得好。”

他接下来讲的就是一部人在他乡的奋斗史，打工啊、考奖学金啊、进跨国大公司啊……反正挺正面挺励志的，听得我热血沸腾，很想力争上游。

于是我问他：“那你回国是因为公司派你回来？”

吴柏松点头：“是啊，刚回来水土不服，拉了三天肚子，在医院里遇到江辰了。”

“江辰告诉你我在这儿的？”

这时才想起我和江辰的纠结，就添油加醋地把事情跟他讲了一遍。

吴柏松叹了口气：“我必须说，江辰摊上你真的很倒霉。”

我一听就火冒三丈，跳起来威胁他说我要找扫帚把他赶出去。

他宛若定海神针杵在地上，特冷静地说：“你有没有想过，你死皮赖脸地追上他，然后又蛮不讲理地提分手，却还指望他一哭二闹三上吊地来求你，这也太为难人了吧。”

“我说你做人不能这样，我们得讲道理，你是我这边的朋友，你的道理就是要力挺我，我如果杀人了，你就必须帮我毁尸，这才是道理。”

吴柏松喝了口水：“我走了那么久都没跟你联系，那是我相信你即使没有我的关心也可以过得很好，江辰会把你照顾得很好。”

我说：“你这人太过分了，你丫抛弃我们的友情还说得那么冠冕堂皇，什么事情到了你那边都是对的，你以为你是家长啊。”

吴柏松又说：“你知道我们那个时候常在一起，我总能感到江辰那幽幽的目光。他对你的感情，绝对不比你对他的少。”

我说：“吴柏松你真的是很无耻，你从幽幽的目光就可以判断出江辰对我的感情，你怎么就不能从我幽幽的目光判断出我对你的大道理很抓狂，你还是回新西兰跟无尾熊一起睡在树上吧。”

吴柏松继续说：“你觉得你跟他没有可能，他妈不会答应，你不是爱看言情爱看偶像剧吗，真爱不就是应该战胜一切吗？真爱不战胜一切怎么好意思叫真爱。还有，无尾熊是澳洲的，不是新西兰的。”

我看我们半天说不到一块儿去，就很严肃地提出："算了算了，我们别说这个了，我们说点正经的。"

吴柏松说："什么正经的？"

我说："你从国外刚回来，总会带点什么进口的东西回来吧，吃的穿的用的，就算是塑料袋你也给我一个吧，我这人特别崇洋媚外。"

吴柏松又叹了口气："我就是希望你端正你的态度，别老端着，你以为你青春无敌还是美少女啊。"

我说："你这样就不对了，好好说话，攻击别人年龄算什么英雄好汉，再说了，十年前我也才十五。"

他最后扔下一颗炮弹："江辰让我跟你说，他下午要跟一个大手术，晚上还要值班，没时间吃晚饭，让你给他送过去。"

我说："我又不是他的保姆，不送不送就是不送。"

他耸肩："那我们就来看看你最后送不送。"

吴柏松果然赖在我家不走了，瘫在沙发上自在地折腾我房东那台十年的古董电视，说来产品质量还真是一年不如一年，这台十年的古董电视，两颗遥控器电池可以用一年，我家那台刚买的液晶电视，遥控器一个月就得换一次电池。每回遇到月底我打电话回家就可以听到我妈在说那台液体电视的遥控器又没电了，都是你爸的错，好好的固体电视硬要换成一个液体的。

到了吃饭时间，我实在忍不住了，就拎了个包招呼他说："吴柏松，你请我吃饭吧，我给你接风洗尘。"

他一愣，皱眉："你这话的逻辑挺坑人挺不要脸的嘛。"

我虚心地接受了他的夸奖，坚持把他骗到本地最高级豪华、平时我只能在远处张望的一家饭店门口，他扒着出租车门说什么也不肯下车，他说我一看就知道这饭店里的食材都跟我一样刚从国外运回来，你想给你家江辰补身子也不能用我的钱补，我的钱都是血汗钱，我爸还破产了。

司机看着计价表滴滴地跳，笑得黝黑的脸跟融化了的巧克力一样温暖人心，他说："哎呀，小两口别吵架，好好谈谈，我不赶时间，小两口都这样。"

我对于交通运输业的人民喜欢自主替男女配对这事深感无奈，其实也不对，各行各业的人民都喜欢自主对他们所见到的男女进行配对，而且配对的逻辑相当道德败坏。想当年我和我爸一起去商场买鞋子，那专柜小姐一个劲儿地夸我和我爸试的那双皮鞋，小姐眼光真好，挑的鞋真适合你男朋友……

我们争吵到最后还是去了一家物美价廉的饭馆，不知道为什么，我突然想吃的那家饭馆离江辰的医院特近，我猜想这就是冥冥之中自有天注定。

吃完晚饭，吴柏松提议我们赖在该倒霉饭馆喝那可以无限续杯的速溶奶茶。他本来提议喝同样可以无限续杯的速溶咖啡，我觉得此行为很无耻，而且无耻得很小资，所以我们就改喝可以无限续杯的奶茶。

但是在第五次让服务生替我们续上奶茶后，我们都不敢喝，总怀疑那脸很臭的服务生往里面吐了口水。

看着窗外慢慢暗下来的天色，我摸了摸口袋里的手机，打断了正在绘声绘色形容着新西兰的羊排多么鲜嫩多汁的吴柏松："我觉得你应该累了，还是回家去调个时差吧。"

他瞟了我一眼："我都回来一个星期了，调什么时差？"

我又说："你不是说你水土不服拉肚子，证明你以为你调好了时差，但是时差它不放过你。"

吴柏松哼哼一笑："想去送饭是吧，我和你一起去啊，顺便去医院复诊。"

这人真无耻，拉肚子这种没见过世面的病也好意思复诊，真是浪费国家医疗资源。

我撩了撩头发，端起奶茶喝了一口，又想起这奶茶可能被吐了口水，顿时觉得无比气愤："谁说我要去送饭！我犯贱啊我！"

他点点头表示安抚："不送就不送，激动啥，一顿不吃也死不了。"

我百爪挠心地看着天色一点一点黑下去，一下子幻想江辰胃出血倒在手术台上；一下子幻想他饿到啃自己的指甲充饥；一下子幻想他胃痛致狂，用手术刀割开自己的肚子……

我脑子里住了个恐怖电影导演，我适合住进精神病院。

我望了望对面好整以暇地看着我焦躁不安的吴柏松，突然想通了，要被看笑话，老娘也留给江辰看去，留在这里取乐这出口转内销的家伙，我病得是有多深。

于是我一拍桌子："服务生！"

服务生幽幽地踱过来，手里还抓着一壶奶茶，意兴阑珊地问我："加奶茶是吧？"

"一份海鲜焗饭，一份鸡汤，打包。"我瞪着吴柏松说。

他吹了声响亮的口哨，调笑道："还吃得下啊你。"

我看着他端起那杯疑似被吐了口水的奶茶喝了一口，笑眯眯地说：“我送饭去给江辰。”

他放下杯子笑了笑：“这还差不多，跟自己过不去的都是傻瓜。”

他的笑容莫名让我感到一丝悲凉，像是历尽沧桑了。

我伸过手去拍拍他的手背：“你若是爱我，你得让我知道，我才能拒绝你。”

他瞪着我，缓缓吐出一个字：“滚。”

我不管他：“真的，有的人像我，比较笨比较自卑，你不说清楚，她不会懂的。”

吴柏松反手拍拍我的手：“不是每个人都跟你一样好运气，有重来的机会。”

他说完苦笑，眼神像是穿透了我，看到一个遥远的地方。

像我这种不常伤春悲秋的人，很怕这种需要唏嘘感叹的场景，常常不知所措，常常不懂安慰人，所幸我们是很好的朋友，即使分离让我们不再清楚彼此的故事，但这样的尴尬也是不怕的。

我提着饭盒走向医院，吴柏松在对面马路朝我挥手，像橱窗里的招财猫。

我还记得江辰办公室的位置，虽然我只去过一次，虽然我是个路痴，但是我就是记得住，我知道应该要左拐，要右拐，要上楼梯，要看到一个消防栓。

只是我站在门口盯着门牌上的“江辰医生”盯了很久很久，久到一个清洁阿姨上来用湿布把那门牌抹了一遍还说你不是上头派来检查卫生的吧，这些门牌我其实天天都擦的。

我想我不能让阿姨太过惶恐，只好对她仓促一笑，说不是不是，我是来找江医生的。

阿姨松了一口气，说我在这医院待这么久，还没见过提个饭盒就来走后门的。

我说不是不是，我饭盒里其实都是百元大钞。

她说你饭盒就这么点大，能装得了多少钱，人家现在都送金融卡了，你真是不懂与时俱进。

我还想说什么，门开了，江辰面无表情地跟我说，进来。

我一进门他就夺过我手里的饭盒，他说你想饿死我啊。

江辰扫出办公桌的一小角，把饭盒往桌上一放，就自顾自吃起饭来了。我被晾在一旁，看着他皱眉挑掉饭里的洋葱："陈小希你为什么要点有洋葱的？"

我想说你这人怎么这么不要脸，我给你买饭你还嫌弃，我想说你就嚣张吧，看我下次还给不给你带饭……

但我没有，我想起很久以前，我们还在上大学，我把他的衣服被子搬回宿舍来洗晒，在宿舍里洗洗晒晒足足忙了快三天，还回去时他跟我说陈小希你把我的衣服都染色了。我当时就说了，你怎么这么无耻啊，你上哪儿去找这么贴心的女朋友，你别以为是我倒追你，你就可以蹬鼻子上脸，得寸进尺。

他说你神经病吧，我那是用我未来老婆的标准在要求你，你要是不乐意就算了。

我贴上去摇着他的手臂说，哪里哪里，哪里染色了你告诉我，我下回改。

呵，那个时候。

“陈小希。”江辰挥着筷子在我面前晃了几下，“你发什么呆？”

我摇摇头，笑着说：“想起以前我帮你洗衣服时，你总是嫌东嫌西的无耻嘴脸。”

他夹起一块鱿鱼，塞进嘴里，含混地说：“我哪里比得上你无耻。”

我一愣，是呀，哪里比得上我无耻，说来就来，说走就走，这样居然还敢回头。

江辰突然抬起头，定定看着我：“我是说图书馆那件事。”

哦，原来是那个，害我自我菲薄了一下。

大三那年的冬天，我每天都陪江辰在图书馆里看书，南方学校的图书馆没有暖气这种东西，我怕冷，但又想陪在他身边，就只好穿得略厚了点。

我的基本配备是一件保暖内衣一件卫生衣两件毛衣一件外套一条保暖裤一条牛仔裤两双袜子一双短靴一条围巾一双手套，我记得当我把这些衣物都穿上身时，我的衣柜显得是那么空荡荡。

我这身略厚的配备让我的行动显得稍嫌不便，而这不便最为突出地表现在看小说这件事上，厚厚的羊毛手套使得我的手指十分笨拙，总是不能准确地搓出一张薄薄的纸从而进行翻页这个动作。

而江辰同学不知道是被冻傻了还是被冻笨了还是被冻开窍了，总之他发现我对着同一页小说发呆了十分钟后，主动帮我把那一页翻了过去。后来我们就慢慢形成了一种诡异的默契——我在他身边安静看书，看到该翻页了就拿胳膊撞他，他就头也不抬地伸过手来替我把书翻页。

这事其实并不无耻，基本上还可以称之为温馨。无耻的是这温馨所延伸出来的意外。

当我们每天在图书馆进行这种“推一推，翻一翻”的日常活动时，我们学校校刊某记者正在图书馆外的草地上无所事事地晒太阳，透过图书馆大大的落地玻璃，她无意间发现了我和江辰的互动，并且认为这互动十分适合她接下来要策划的一个主题——“校园里的小美好”。于是她在图书馆埋伏了好几天，无视著作权法地对我们进行了全方位三百六十度的偷拍。无耻的是，她拍完后要对照片进行后期处理时，听说我是艺术系的，就直接找上了我，而更无耻的是，我在她所谓青春不留白的孜孜不倦劝说下，欣然同意无偿为这组照片进行PS等后期制作，并且制作出来的效果十分梦幻唯美，十分神仙眷侣，十分比翼双飞，十分戏水鸳鸯……

那一系列照片在校刊上刊登出来后造成很大的轰动，校刊和学校论坛趁势连手推出了一个“校园情人”评比，江辰入选前三名，与他并列竞争的有跳下河为女朋友捞戒指的中文系仁兄和亲手替女朋友做了一套汉服的历史系仁兄。与他们相比，江辰的表现似乎微不足道，但值得一提的是，中文系仁兄长得像初中语文课本上的陶渊明，历史系仁兄长得很有学科特色，像北京猿人复原后的雕像，所以长得一点也不像医学标本的医学系学生江辰同学以居高不下的票数勇夺第一名，荣获校园情人称号。这个结果告诉我们，社会是靠脸吃饭的。

我觉得作为这场竞争里唯一的理科生，江辰特别替理科生争脸，所以我不懂为什么江辰知道了事情的来龙去脉后气得差点抡我去撞墙。

A L♥ve S♥ Beautiful

第八章

江辰用十分钟不到的速度把饭盒吃了个盘底朝天，吃完还指使我把饭盒拿出去扔，我拎着塑料袋出去时正巧遇到清洁阿姨在清垃圾，她很亲切地跟我打招呼：“小姑娘，礼送出去了吗？”

她这声“小姑娘”把我叫得心里十分舒坦，于是我坦白地说：“其实我不是来送礼的，我是给他送饭的。”

她说：“江医生教训你了吗？你别怕，谁家里上下老小没个病痛的，给医生送点东西，做家属的心里也舒坦，我在这医院好几十年了，这种情况看多了，放心，我不会乱说的。”

我心想再不解释清楚可就要玷污了江辰的医德了，玷污了江辰的医德不要紧，让这阿姨间接诅咒了我家人就不好了。于是我掏心掏肺地说：“其实是这样的，我跟江医生以前是男女朋友，到现在还有点感情纠葛。”

阿姨看了我一眼，显然有点惊讶，又上下认真地打量了我半天，最后叹了口气推着垃圾桶走开了，临走前小声说了句：“年纪轻轻的，原来是看心理病的。”

……

我回到江辰办公室时他在埋头写着什么东西，走过去敲敲桌子，他抬头。

我说：“没什么事我就回去了哈。”

江辰右手转着笔，左手翻着桌上的纸，漫不经心地说：“陈小希你今天走出去我们就算完了。”

我想这话内容听起来挺激烈的，本该是带着波涛汹涌的感情色彩来表达，他却讲得平淡如水，一气呵成连个顿点都不带，实在是个人才。

我站着，他坐着，就算是居高临下，我也觉得气势上我略输一筹；我看着他，他也看着我，就算是这么近，我也不知道他在想什么。

我说：“犯不着说得这么严重吧，我是看你挺忙的，不想打扰你。”

江辰的笔还在手指间旋转着，他说：“苏医生跟我说了，你今早打电话来想让我把话说明白了，我现在就把话说明白了，你听完再走。”

我吞了吞口水，嗯了一声表示同意。

他说："三年前是你说要分手的是吧。"

"是。"

他又说："分手是因为我妈对吧？"

我说对，又马上改口说好像也不是，又说其实我也说不清楚。

他把笔砰地往桌上一扔，我心揪了一下，那大概是支很贵的帕克笔。

他捏一捏鼻梁，带了点疲倦："陈小希，告诉我，这三年你有没有想过我？"

这情感转折得挺快的啊，我想说话，却像是被什么哽住了。

和江辰分手后的第一个星期，我几乎每晚都从睡梦中突然惊醒，头发湿湿地贴在脸颊和颈子上，一摸枕头和胸前的被子都是一手湿。

我太难受了，想回去求他，说一切都是我不好，我都改我都改……

事实上我也去了，我在医院对面站了一上午，午餐时间看着他和同事说说笑笑着到旁边的小餐馆去吃饭。我远远地看着他的笑脸，甚至还能看到他的酒窝盛满了明媚，我觉得恨呀，我觉得心寒呀，我觉得我傻呀，我觉得我就该冲到马路中间给车撞死，我就不信就着我的鲜血他还能吃得下饭。

当时很多的念头在我脑中闪过，但最后我还是选择了回家，在家楼下的面包店我想买一个菠萝面包当午餐，但可能是我哭得太惊世骇俗，吓得那好心的老板娘白送了我三个，还告诉我人生没有过不去的坎儿。我要是演技够好，我就天天去她那儿骗面包。

有的人的想念能够撕心又裂肺，有的人却丝毫不敢碰触想念二字，我说过我从来都不是勇敢的人，我怕疼我怕难过，我把对他的想念封在盒子里，贴上封条：敢打开你就痛死活该。

真的有效，所以我没有想过他。

江辰不耐烦地敲了敲桌子，口气又硬了许多："这个问题有那么难吗？"

我突然涌起排山倒海的恨，捏着拳头咬着牙恶狠狠地吐出一个字："难。"

他冷笑："陈小希，你到底是凭什么这么理直气壮的？"

冷笑是吧？谁不会，牙齿一露我就是传说中的冷笑帝！

我哼哼冷笑了几声，反问他："你呢？你又凭什么不来找我，你凭什么不来哄我，凭什么我说分手你就真的分手，凭什么问我想你不想你，你凭什么坐着而我要站着……"

江辰被我这一系列的排比句问得有点蒙，好一会儿才缓缓站起来，我一见他站起来我就慌了，往后退了几步："你站起来干吗？"

他却突然笑了，伸过手来抓住我的手腕，用力一拖，一把将我按在了椅子上，然后说："现在你坐着我站着，高兴了吧？"

我哭笑不得，我想江医生你的幽默感来得有点突兀啊，我虽然号称笑点很怪但我实在笑不出来。

他双手撑在椅子的扶手上，我就被围在了他和椅子中间，这动作好啊，暧昧啊，一般是男主角想向女主角耍流氓时才会摆的。

他笑着凑近我的脸，停在能够喷气在我脸上的距离："你提的分手，我为什么要低声下气地去哄你？”

我缩了缩脖子：“你是男的，难道你不应该哄哄我吗？”

他看着我，表情很平静：“那时候，我觉得很累。”

我也平静了很多：“你累了好久。”

这话听起来带刺，但我倒是没什么特殊意思，只是脱口而出而已。

他叹了口气：“我其实去找过你。”

我一听吓了一跳，努力在脑袋里搜索那段日子的回忆，生怕我在哪个路口和哪位男性友人拥抱还是牵手还是在吹眼睛里的沙子从而引起了误会，可是没有，我那段日子跟游魂似的，除非是《第六感生死恋》的粉丝，不然一般男性不会想靠近我。

于是我理直气壮地反驳：“你就瞎扯吧，你上哪儿找我去了？”

他正想说什么，桌上的手机却突然催命一般叮铃铃地响了起来，他回头抓起来看了一眼，突然朝着我俯过身来，我屏着一口气，来了来了，要流氓的时刻要来了，他的手环过了我的肩，我的心脏恶狠狠地收缩了一下。他却迅速地从椅子背后抽出白袍，边把白袍往身上套边向我解释：“急诊室的电话。”

江辰抄起手机，边往外走边接电话，门砰一声打开又砰一声关上……

我一个人对着满室孤寂，觉得这手机响的时间点也掐得太好了吧，是有导演在喊action吗？

我想他一时半刻也不会回来，无聊之下就两脚滑地，驾驭着这底下装了轮子的办公椅在房间里滑来滑去，滑得正起劲，突然嘎一声，椅子失去平衡，我咚一声随椅子砸在了地上，脑门首先着地。

我这一砸可真是结实漂亮，如果拉了远镜头看，就跟厨师要杀鱼前把鱼往砧板上啪一下砸晕的动作那样干净利落。

我抱着椅子在地上恍了很久才恍过来，缓缓站起来时我想我得去急诊室找江辰，我这也是急诊，说不定脑震荡内出血了。

我顺着医院的指示牌，摸着墙慢慢挪啊挪，我虽然着急害怕，却不敢大步走，这脑震荡和内出血感觉都是跟液体有关，我要走急了说不定这脑浆还是血液晃荡得厉害就溢出来了。

好不容易来到了急诊室门口，我扶着墙往里面带着哭腔叫：“江辰江辰，你快出来，我是陈小希。”

江辰没出来，出来了个护士，她黑着脸吼我：“这里是医院！医院！有你这么大呼小叫的吗？”

我不敢说她吼得比我还大声，我怕她一急起来吼得更大声，声波会透过耳膜震动我的脑波，而我的脑袋现在很脆弱。

于是我缓慢地说：“你帮我叫一下江辰医生好吗？”

她瞥了我一眼：“江医生上厕所去了。”

我没料到这个答案，我想他刚刚走得这么匆忙一定是有什么头破血流肠穿肚烂的事情要处理，没想到他还有空排水啊……

护士转身就回急诊室里了，我靠着墙等待江辰的回归。

医院的白炽灯一如既往地刺目惨白，我相信我的脸色可能更惨白，因为江辰在百米之外开始朝着我奔跑，我心想这浪漫啊，《情深深雨蒙蒙》里在火车站依萍就是这么跑向书桓的，我们不过男女角色对调。

我好像是软软地倒入了江辰的怀中，他一手托着我的脑袋，一手颤抖着翻我的眼皮，他的手抖成那样，我多么怕他把我戳瞎啊。

闹半天我只是轻微的脑震荡，那些天旋地转的症状都是我自己吓自己，连带着江辰也被吓得够呛。这里必须批评一下江辰的心理素质，作为一名已在腥风血雨中度过数年的大夫，他表现得实在是很没见过世面。

据目击证人臭脸小护士陈述，江辰大夫他捧着我的脑袋冲急诊室展开狮子吼："手电筒！听诊器！"

小护士跌跌撞撞地拿着手电筒和听诊器出来，趁着江辰在哆嗦着翻我眼皮用手电筒照看我的瞳孔时，她抱着不妨一试的态度，用护士特有的力度，掐了一下我的人中，我就尖叫着弹跳一下醒过来了。

见我醒来，江辰的面色很不好看，大概是觉得护士抢了他医生的风头。他用小手电筒照着我的瞳孔仔细地看了一会儿，才把小手电筒收进白袍的口袋里，问我："你怎么了？"

我攀着他环着我的手臂坐好："我摔倒了，磕到头了。"

他皱着眉摸上我的后脑勺，手指穿过我的头发，在头皮上小心地按着，按到我嘶一声叫痛才停下来，然后又拉着我的手去摸那块头皮："喏，这里起了个大包。"

他的口气云淡风轻，好像我脑袋上的大包是被蚊子叮的。

我按了按那块突起，有鹌鹑蛋那么大，按上去比带壳的鸡蛋软，又比剥壳的鸡蛋硬，硬度还刚好。

江辰拨一拨我的刘海，问我："还有哪儿摔了？"

我摇头说没有，他固定住我的脖子："别摇头！你在哪儿摔的？"

“你办公室。”我拍着他的手说。

他搀着我站起来：“你为什么不打电话叫我过去？”

我委委屈屈地看了他一眼：“忘了。”

我扶着他的肩，随他慢慢地往急诊室走，那护士跟在我们身后，表达着她迟来的关怀：“哎！早知道你是江医生的朋友我就让你进来坐了嘛。”

江辰让我在急诊室的病床上躺下：“我去拿药。”

小护士拖了把椅子坐在病床前，笑眯眯地问我：“你是江医生的女朋友吗？”

我懒得回答她，忙着按后脑勺上那个包，稍稍一用力，就有一种麻麻酥酥的疼痛从脑门扩散到脚尖，很过瘾。

小护士等半天没等到我的答案，自知无趣地拖着椅子去坐在小窗口前。

江辰端了一个铁托盘回来，上面有一杯水，一个药罐子，几支棉花棒和几片白色的药。

他把药捡到掌心，我再从他的掌心把药捡起丢入嘴巴，然后灌水送下。

吃完药，他让我背对着他盘腿坐在床上，说要帮我擦药，那个小护士几次试图过来帮忙，都被我用凌厉的目光瞪走了。

江辰先是翻了翻我的头发，由于我背对着他看不到他的表情，就自动在脑海里替他配了个眉头微皱、眼神温柔又带着心疼的表情，但很快我就在脑海中把这个温柔的表情无情地推翻了，因为他用棉花棒使劲地、恶狠狠地、丧心病狂地戳了我后脑勺上那个包一下。

我顿时就热泪盈眶了，往后仰着头看他：“轻点啊，别把我脑浆给戳出来了。”

他扶正了我的头：“知道了。”

然后他就丢掉了棉花棒，再抹上来的就是他的手指，他手指温温热热的，混着凉凉的药膏在我头皮上慢慢地揉。

我心里忽然一阵酸软，慢慢地往后靠，轻轻地倚在他身上，他手指顿了一顿，又重新再挖了一坨药往我头皮上抹。

小护士原本还在一旁贼眉鼠眼地偷瞄，但不知怎么的，突然就冲我们呵呵干笑了两声，义正词严地提出她要出去巡房，对于她这种突如其来的敬业转变，我们只能称之为顿悟。

江辰成全了她的顿悟，她一步三回头地出去巡房了。

我就这样靠在江辰右肋骨的第三第四和第五根上，他一言不发地揉着我的脑袋，揉着揉着就觉得他是不是要把我的脑壳和头皮揉薄了好啵一声插一根吸管进去咕噜咕噜吸我的脑浆啊……

幸好江辰还是停了下来，用他沾满药膏的手，从背后环住了我的肩。

他说：“我一直在等你后悔，等你回来求我，我一定要好好地嘲笑你，然后让你对着手术刀发誓说以后要是敢说分手两个字就千刀万剐。”

我想转过头去对他说，你这个心态太不健康了，而且怎么可以对着我这么可爱的女孩子说这么血腥的话呢，我很胆小的，我会怕。

但是江辰把我的肩胛骨握得死紧，颇有随时把我捏碎的风范，所以我就一声不吭了。

他又说：“但你居然一直没来。”

我心想，那是你没看见，我还看到你在饭馆里点了一客叉烧饭。

他说他在一个月后去找我的，他说他第一次眼睁睁地看一个人在他手里咽了气，他说当时情况实在特殊他心情实在脆弱，他需要女朋友给他支持与鼓励，所以他决定抢先原谅我，所以他就去找我。而在我家楼下，他看到我指挥着几个大汉往楼下搬行李，然后他一气之下就回医院了。

我叹气，老天不带这么无情残酷无理取闹的。

这事是这样的，那时我说完分手后，江辰撂了一句“你不要后悔”之后甩门而去，被甩后那扇老弱病残的门就放弃了苟延残喘，义无反顾地咽气了。

而恰巧第二天就是我那秃头房东上门收房租的日子，他看到那扇摇摇欲坠的门，大概是想到了他摇摇欲坠的发丝，所以他暴怒了。

他对着坏掉的门辱骂了我一顿。我的房东文化水平很高，据说是远古时代的研究生，他将这次的事件上升到了当代大学生普遍没素质的高度，并且坚持认为金融危机、干旱、地震、洪水乃至禽流感都是大学生的错。我试图跟他解释干旱不是我的错，因为我一个星期才洗一次衣服，但他不听，他坚持要我付五千块的换门费。

我虽然看起来很弱智的，但我不傻呀，这扇破木门顶多就值一千块，他一翻就五倍，比房地产还暴利还无耻啊，当然几年后我发现我错了，没有什么能比房地产更暴利无耻。此乃后话，按下不表。

因为这扇门，我和房东的关系彻底破裂，他坚决索赔五千，我坚决赔偿两千五，僵持不下，他让我滚出他的房子，我就滚了。而江辰来的那天，我在做滚的预备动作。

我如泣如诉地跟江辰说了那个房东对我百般欺凌的故事，江辰听完后长叹一声：“那我们和好吧。”

我十分困扰，瞧他这话说的，敢情在他心目中我们这三年就只是一次漫长的吵架？

也许是我沉默了太久，江辰又说话了，他说：“陈小希，我是一个医生，我看惯了生与死、挣扎与痛苦，按你的逻辑来说，我的人生该多超脱，我为什么要纠结在你身上，我一转身就有一个俏护士，一点头就是一个新的人生，我何必惦记着你？”

我一听，不对啊，这段话跟前面那句和好的要求有着天渊之别，莫非我那短暂的沉默被他认为是在拿乔，他决定不陪我玩了？

我转身抱住他的腰：“好吧，我们和好。”

他久久不说话，我急了，手指绞着他的衣服：“你不要跟我玩这种欲拒还迎的爱情游戏了，我已经老到可以结婚生子了。”

江辰拍了拍我的背：“我知道了。”

我松了他的腰，仰头看着他：“什么意思？”

他低头凑近，我神速地捂上嘴巴，闷声说：“到底和好不和好，不说清楚不给亲。”

他偏头看着我，笑了：“好，我们和好。”

说完，他拨开我的手，亲了上来。

我在辗转的唇舌间努力想保持清醒地思考一个问题，一开始是他要求和好，为什么到了最后又成了我求着他和好了，而且还得沦落到色诱求和?

但我的清醒只维持了大约三秒钟，然后嘴唇就主宰了我那没啥主见的脑子。

真的，我们的拥吻很浪漫，医院特有的消毒水味，我脑门上的药膏散发出的薄荷味，江辰身上的药味和肥皂味，还有他嘴巴里淡淡的绿箭口香糖味，五味杂陈很美好，时间如果能像播放器，我想按暂停，就定格在这一秒。

可惜时间就算是播放器，我手里也没有遥控器。

我那刚遭受过重创的脑袋在高度充血的状态下突然一阵疼痛，痛得我泪眼汪汪地拧江辰的后背："我……头痛。"

他松开了我，蹲下来和我平视，我扶着他的肩努力地大口呼吸。

他从口袋里掏出小手电筒，又伸过手来翻我的眼皮，还用小手电筒照着我的眼睛，我被那道光束照得特别想流泪。

最后江辰松了口气，扶着我躺下，然后用医生特有的严肃口吻责备道："没事，你躺着休息一会儿，脑震荡不可以太过激动的。"

我无语地望着白花花的天花板，究竟是谁害我激动的啊……

我就在医院急诊室的病床上睡下了，期间我被惊醒两次：一次是江辰不知从哪儿搬了个绿色的折叠屏风来把病床隔开了，那个屏风大概年久失修，拉开来时噼里啪啦，跟放鞭炮似的，我好像是不满地瞪了他一眼，又转身睡了；还有一次就是现在，屏风外传来一声声男性的低声呻吟，哎呀哎哟的十分暧昧。

我坐起来，正想偷瞄两眼，就被小护士传来的剽悍言论给震住了。

她说："别叫得那么恶心，又不是在给你照大肠镜！"

我在心里盘算了大肠的位置和大肠镜的入口，不由得露出会心一笑。

外面那人已经从呻吟转成了尖声哀号，我听到江辰斥了一声："闭嘴，别吵到其他病人。"

我绕过屏风走了出去，然后就后悔我为什么要出来了。

那大概是个年轻人，我会说大概，是从他头上那顶像炸开了的稻草头发判断的。而他的脸暂时令我无从判断他的年龄，因为上面淌满了鲜红的血，还乱中有序地扎满了绿色的玻璃片，看上去像是啤酒瓶的碎片。而某两块分别插在左右两颊的玻璃块上还带着商标，我眯起眼睛仔细看，一个是楷体的"纯"字，另一个是"生"字。

我真想拿个相机拍下他的脸，PO上论坛发个帖子，标题为"某高校艺术生血腥毕业设计，呼吁社会关注'人生''生命''纯真''纯粹'等人类生生不息的美丽"，标题一定要长。

相信我，一切跟艺术和变态扯上关系的，都会红。

江辰是第一个看到我出来的，他拿着镊子指着我："你出来干吗？进去！"

我还没来得及说话，那个玻璃面人就开始恶声恶气地骂："操你妈的看什么……啊……妈啊！"

他后面那句"啊……妈啊"是用突如其来拔高的音调喊出来的，我被吓得倒退了两步，愣愣地看着江辰。

江辰把镊子上那块带有“生”字的玻璃片往身旁推车上的铁盘子上当的一丢：“这是医院，嘴巴放干净点。”

他说这话时的表情并无凝重，甚至语气也是淡淡的没什么起伏。可是我觉得他很帅。

玻璃面人用他那张血脸表达了一个敢怒不敢言的表情，并且还很谦和：“晓得了，医生您轻点啊。”

江辰嗯了一声，看着我：“进去。”

我哦了一声绕回屏风后面，盘腿坐在床上发呆。

我听到玻璃面人用讨好的语气问：“医生，你女朋友吗，漂亮哦。”

江辰似乎应了他一声，然后玻璃面人又说：“医生，带女朋友在病床上，刺激哦。”

不出意料，玻璃面人又哀号着叫娘了，我看这样的痛，就只值两个字，活该。

我不知道又折腾了多久，因为我盘着腿打起了瞌睡，到我再有意识时，我的腿已经发麻到我不敢轻易去碰触的地步。

“陈小希，你打坐啊？”江辰站在我床边，拔着手上的塑料白手套。

我动了动脚趾，一阵钻心的麻痛唰唰地爬上我全身的感觉细胞，我哭丧着脸告诉他：“江辰，我的脚麻得快废了。”

他把塑料手套随手丢进墙角的纸篓里，走过来坐在床边，伸出食指戳了戳我的腿，我叫了起来：“别呀，是真的麻。”

江辰突然伸手推我，我就像一个坏掉的不倒翁，徒劳地晃了几晃，然后维持着两腿交盘的姿势侧倒在床上。

我的左大腿被我的右大腿压在下面，我麻得哇哇直叫。

江辰似乎很高兴，他双手环胸，偏头看着歪斜倒在床上的我不停地笑，笑得脸上那个酒窝就要飞弹出去了。

然后他轻轻地把我的右脚和左脚解开，捋直，然后啪啪地拍打着我的小腿。

在他一掌一掌的飞扇下，我感觉血液跟硫酸一样滋滋地流回我的两条腿。五六分钟后，我的腿总算恢复了正常知觉，我踹了江辰一脚，表示我的脚已经好到可以踹人了，也表示他在我行动不便时把我当不倒翁玩这事让我很不满。

实话说我这一脚踹得并不狠，但江辰却被我掀翻在床上，他捂着肚子说："陈小希，你是女子摔跤手吗？"

我又补了一脚："你是奥斯卡影帝吗？"

江辰还是捂着肚子不动，甚至我远远地觉得他额角已经泛出汗来了，我愈看愈觉得不对劲，难不成我这脚一麻还麻成了佛山无影脚，轻轻一踹就能踹出人命来？

我爬过去拍他的背："你没事吧，没事吧？你别吓我啊。"

他突然转身抱住我："你是白痴啊，我捂着肚子你拍我背干吗？"

他抱得很紧，几乎把全身重量都过渡给我，我有点喘不过气来，说："你怎么了？别勒死我啊。"

他说："我胃有点疼，让我抱一下。"

我轻拍着他的肩膀："你的药在哪里，我去给你拿，你这胃怎么老痛啊，这样不好，你要好好照顾自己。"

他把他的大脑袋搁在我肩膀上，说："陈小希，我照顾不好。"

我作为雌性的母性本能在听到这句话时顿时泛滥，我摸着他的头说：“江辰，那我来照顾你。”

“好。”他说。

之后江辰交班了，在送我回家的路上他列出了一系列我要如何照顾他的条款，这些条款大部分我都不陌生，大学时他就列过一份给我。比如说，他负责给我送早餐，我负责给他送午餐、晚餐；比如说，一切带有壳的食物，我必须帮他剥，这集中表现在茶叶蛋上；又比如说，我必须每周替他清洗一遍他穿过的衣服和被褥……

我坐在副驾驶座上把他给我的两页处方单翻得哗哗作响，可他就是不为所动，最后我忍不住了，挥着那两页纸：“为什么我必须给你送晚饭？”

他说：“这是比照大学那份规则来的。”

我说：“大学近啊，方便啊，再说了，大学你还给我送早餐呢。”

他说：“那是我要早起看书，顺便。而且，我不是对比大学那份把送午餐减掉了吗？”

我气结：“那……那我也不要送晚饭给你。”

他用眼角瞟了我一眼：“是谁说要照顾我的？”

我无语以对，只好又低头研究那些条款，在第六条上，江辰写着：必须每三天帮我整理一次家里。

我抖着纸：“你看看第六条，大学时没有这一条。”

他拍着方向盘等红灯，伸过头来瞄了一眼：“大学住的是宿舍，不能便宜了别人。”

……

好吧，是我错了，是我在三年回忆中主动把他美化了太多，以至于我只记得他对我的好，完全忘了他对我的欺压。

回忆之所以美丽，是因为谁也回不去。

而在我认识江辰的漫长岁月里，他的温柔底下都是隐藏着一颗对我肆无忌惮作威作福的心。比如说那个图书馆事件，大家看到的都是他在图书馆里帮我翻书，可是那么冷的天，我多想在宿舍的被窝里待着，他却硬要逼我陪他上图书馆，他说学生本来就该好好学习，他还说一想到他在图书馆埋头苦学而我在宿舍埋头苦睡，他心里就不舒坦，心里就不平衡。他老人家是医学系的，每天要好好学习免得医死人无可厚非，但我一艺术系的，每天逼着我上图书馆那是对我自由思想的扼杀，所以我成不了梵·高、毕加索，其实是江辰害的。

“到了。”江辰拍了拍我的头。

我往外一看，愣愣地说：“你走错了，这不是我家。”

他解开安全带：“我知道不是你家，这是我家，你上来给我煮点东西吃，顺便收拾一下。”

……

A L♥ve S♥ Beautiful

第九章

最终我还是没去成江辰家，他家在九楼，电梯走到二楼时他就接到电话了，说他有个病人出问题，他在三楼时按开了电梯门，丢了一串钥匙给我：“903，找点东西吃，睡一觉。”

我看着他转身匆匆往楼梯间跑去，电梯门缓缓合上。我随着电梯到了九楼，在江辰家门口站了一会儿决定还是不进去了，一则我良好的教养不允许我在主人不在时擅自进入人家的家里，二则我怕主人不在家盯着我，我进去了看到什么贵重物品就忍不住顺走了。噢，我那良好的家教！

于是我又乘着电梯下楼了，在楼下早餐店买了馄饨、茶叶蛋等早餐，拦了出租车又上医院去了。

女人有多傻，我就有多傻。

医院门口停了长长的一排高级轿车，虽然我对车不了解，但那些车都擦得锃亮，想也知道是好车。这道理就跟衣服一样，如果是便宜的衣服，往上面倒酱油我眼睛都不眨一下，实在穿脏了就丢掉。如果是贵的衣服，远远看到酱油我就跑了，万一弄脏了我就跪在地上一小块一小块地搓洗……

我还没走进医院门口就被两个穿黑西装戴墨镜的人拦住了，他们异口同声地问我："你来干什么的？"

我抬头看了一下医院的牌子，懒得多说，就随口道："看病的。"

西装男甲看了一下手表："医院还没开门，你看什么病？"

我："我挂急诊！"

西装男乙："你哪里是需要挂急诊的样子？说吧，你是哪个电视台的？"

我一愣，羞涩地挠着头谦虚地说："呵呵，我不是电视台的，虽然很多人说我长得很适合上电视。"

西装男甲乙对视了一眼，又异口同声地斥问："少废话，你是哪个报来的？"

我摇头："我自己下了出租车走过来的，你们刚刚也看到了，哪里有什么人抱我，再说了，我又没有缺胳膊少腿，干吗要哪个抱我过来？"

我的诚恳他们似乎感觉不到，因为他们的表情之郁结，仿佛数日未曾排便。

没办法，我只好举起我手中的早餐："其实我是这家医院的医生，我来上班的。"

话才讲完就有人拍了拍我的肩膀，我转过头去，苏医生笑盈盈地看着我："你什么时候成了我们医院的医生了？"

我叹口气，这下我的身份在西装男的心目中更加扑朔迷离了吧。我看看他们，他们眼里的戒备就好像我是身揣炸弹的恐怖分子，而他们随时会从哪里掏一把枪出来射我个千疮百孔。

我好无辜："如果我说，我男朋友是这里的医生，我是来给他送早餐的，你们信吗？"

西装男甲说："你少废话，你是记者吧？你到底想进医院里干什么？我告诉你，这事是隐私，不能报！"

我把苏医生推到那俩西装男面前："我真不是记者，她是苏医生，她是这个医院的医生，她能够做证，我真的是来找我男朋友的。"

苏医生傻傻地点头："我是这家医院的医生，我认识她男朋友。"

西装男甲说："你怎么证明你是这医院的医生？"

苏医生一愣，迟疑地说："我……我会开刀？"

我捏了捏鼻梁，建议道："我觉得你的工作证更有说服力。"

苏医生拍拍裤子口袋，又伸手进去掏了掏，然后无限天真地说："我的工作证在医院里啊。"

即使是我，也不相信这么个死蠢模样的姑娘是个医生。

十分钟后，我和苏医生蹲在医院大门口剥茶叶蛋吃。

我把剥好了的茶叶蛋递给苏医生："怎么会这样？他们是什

么人？不让我们进去怎么办？”

苏医生咬一口茶叶蛋：“大概是什么名流之类的来看下三烂的病吧，你担心什么，你又不在这里上班。”

我想想也是，等医院门诊时间到了，总得放我进去吧，于是我就很好心地帮苏医生操起心来，我说：“那你迟到了怎么办？”

她摆摆手：“不怕，我爸是院长。”

我暗暗地把惊讶吞下，点点头：“难怪你医术这么精湛，原来是家族遗传啊。”

我心里是这么想的：她爸是这医院的院长，江辰是这医院的医生，那我讨好院长的女儿总错不了。我真是羡慕江辰有我这么个贤内助。

苏医生皱着眉头：“你什么意思？我爸开的是兽医院。”

我试图解释：“不是，你说你不怕因为你爸是院长，所以才说……说，唉，你别误会呀。”

她哼了一声：“我说不怕是因为我大不了辞职回家帮我爸打点兽医院。”

我说：“呵呵，原来是这样啊，回兽医院帮忙也挺好的。”

她黑着脸：“什么叫也挺好的？你是不是觉得兽医院的院长不够高级？”

我慌乱摇头，说多错多，我只好沉默。

苏医生绷着脸安静地吃完那颗茶叶蛋，然后变了个脸似的：“其实我跟你开玩笑的，我爸真的是这医院的院长。”

我嘴里那口蛋还没嚼碎，她这么一说，我呛了一下，为了不喷到院长的女儿，我硬生生地咽下了，噎得我泪眼汪汪。

院长的女儿纡尊降贵地帮我拍着后背，她叹着气：“你到底什么时候才能懂我的幽默呢？我爸其实真是开兽医院的。”

……

我已经彻底不懂这个人了，于是我哈哈大笑起来：“嘿，你以为就你幽默啊，我也跟你开着玩笑呢，我什么都知道。”

其实我什么都不知道，我到现在都拿不准她爸到底是医人的还是医兽的，但这没关系，她也不知道我到底是知道还是不知道还是知道却假装不知道。

苏医生狐疑地看着我，半晌后也笑了：“我欣赏你的幽默。”

……

我们蹲在医院门口吃完了三人份的早餐，里面有两份我是给江辰准备的，我本来以为我吃一份，苏医生吃一份，至少还留一份给江辰，没料到苏医生食量那么大，算下来她总共吃了四个茶叶蛋、两盒干拌馄饨、一份蒸饺。

我站起来去把塑料袋扔进垃圾桶里，门口的西装男看到我起身，右脚往后退一步，形成一个弓步，我摆摆手，示意他们我一介弱女子，是不会硬闯的。

我丢完垃圾跟苏医生说：“我再去买早餐。”

苏医生点头：“我也觉得不是很饱，再替我买一份蒸饺就好。”

……

我再把早餐买回来时，苏医生已经和那两个西装男有说有笑了，见我回来就跟我招手：“我们进去吧。”

我们在两个西装男的含笑注目下进了医院，我问她：“你怎么说服他们的啊？”

她说："我给了他们一人一千块。"

"啊？"我忍不住又惊讶了。

她拍着我的肩膀："开玩笑的，我打电话给警卫，让人出来证明了。"

我说："你怎么不早点打电话啊？"

她说："刚刚不是在吃早餐嘛。"

我已经放弃了用正常人的逻辑和她进行交谈，于是我说："也对，吃早餐最重要了，不吃早餐脑子会不好。"

正说着，迎面一个护士走来，苏医生拉住她问："怎么回事啊，门口怎么站了两个人？"

护士说："之前在我们院里做过手术的那个人心脏病又发了。"

苏医生说："哪个？心脏外科的？江医生的病人吗？"

护士说："嗯，江医生现在在手术室抢救呢。"她左右看了看，小声地说："听说是在女人床上心脏病发的。"

哇！

我们窸窸窣窣地讲了一会儿八卦，内容不外乎床上运动究竟要多激烈才能诱发心脏病，作为医护人员，她们提出了不少专业的看法，其中包含血压上升，心跳加快，体液分泌……我在听到"体液"两个字时脸红地啊了一声表示我的害羞，她们齐刷刷鄙视地看我，说："喂！你的表情真猥琐，我们说的是流汗。"

我脸皮薄，不好意思跟她们继续讨论，就说要去江辰的办公室等他。

江辰的办公室没有上锁，我在他办公桌扫了个角落放早餐，又扫了个角落趴着打瞌睡。

只是念书时那种趴在桌上就能睡着的功能似乎已经退化，我怎么都没办法睡着，于是只好伏在桌上发愣，手指无意识地翻弄着他桌面上乱七八糟的文件。他离开得急，桌面有点乱，我翻着翻着就顺手替他整理起桌子来。

高中时江辰坐我后桌，很难想象他这么优秀的一个学生，桌面从来都是乱七八糟的，课本考卷参考书从来都是乱丢，可是他很神奇，无论什么时候我问他借什么，他沉思一会儿，然后就从那堆东西里精确地找出我要的东西，最夸张的一次是我跟他借化学考卷，他盯着桌面上至少二十张的卷子说陈小希你是来找碴儿的吧，然后他就从中间抽出一张考卷说给，真的就是我要的那张卷子。我一直觉得他这项特异功能跟摸骨算命有异曲同工之妙。

有时他也会让我帮他整理一下桌子，但是每回我在整理，他都靠着椅背双手环胸认真地看着，我问他看什么，他说看你把东西放哪里。这让我觉得我其实是在给他添麻烦，但我还是那么持之以恒地给他添麻烦了。

江辰现在的办公桌比以前好多了，只是病历表乱了点，我把它们都抱起想理整齐，没想到一抱起来门就突然开了，我惊吓之下一松手，病历表哗啦掉了一地。

“你怎么在这里？”江辰说，然后看着一地的病历表，“我的病历表得罪你了？”

我蹲下来捡病历表：“我怕你饿过头了又胃痛，就给你送早餐来了。”

江辰蹲下来帮忙捡病历表：“医院食堂有早餐。”

我抬头看他：“那你吃了吗？”

他接过我手里的病历表，往桌上一扔：“太累了，没胃口。”

他的确一脸疲态，淡青色的下眼睑，脸色和嘴唇都稍嫌苍白。

我说：“我给你买了茶叶蛋。”

他边脱白袍边说：“你剥了我就吃。”

我接过他的衣服，拖着他在椅子上坐下，笑眯眯地说：“医生，您得多补充蛋白质哦，我这就给您剥鸡蛋吃。”

他看了我一眼，摇着头笑，我伸手戳了戳他的酒窝，也跟着笑。

我剥了个茶叶蛋送到他嘴边，小心翼翼地问：“手术怎么样？”

“成功。”他接过茶叶蛋咬了一口，“帮我拿瓶水，在文件柜的最下面一层。”

他的文件柜最下面一层打开，里面排满了农夫山泉，少说有三四十瓶，我拿了一瓶拧开盖子递给他：“你们医院怎么只发农夫山泉啊？”

“我怎么知道？”

江辰勉强地吃了两个茶叶蛋就仰靠着椅背说：“我不想吃了。”

我拆着免洗筷，劝他：“再吃几个蒸饺吧。”

他很勉强地吞了几个蒸饺，我看他实在很累的样子，也就不再劝他了，只说：“你一个晚上没睡，又做了手术，回家休息吧。”

他摇头：“病人麻醉还没退，得术后观察，我不能离开医院。”

我有点心疼地摸摸他的头："辛苦了。"

他躲开："你的手剥过茶叶蛋。"

我气结："你的手还摸过死人呢！"

他严肃地说："我洗手了。"

……

我说："你趴在桌上眯一下吧，不然我去问问苏医生有没有空病房，你去睡一下？"

他没回答我，只是站起来走到文件柜后，拖了一张折叠床出来。

我惊叹："设备齐全啊。"

他三两下把折叠床靠着墙边打开，然后就咚一声把自己扔上去，如同一具死尸。

我愣愣地看着他紧闭着的眼睛，心想那我到底是要走还是要留？好歹也说一声"我要睡了"预告一下吧……

我瞪了他好一会儿，最后叹了口气，蹲下来帮他脱鞋。

把鞋在床下摆好，我收了桌上的蛋壳，准备拿出去扔，只是才开了门就听到江辰说："陈小希你要去哪里？"

我回头，发现他连眼睛都没睁开。

我说："我去丢垃圾。"

他说："那你回不回来？"

我说："回。"

他说："好，那你去吧。"

我心想我也没有要征求你同意啊，你怎么这么自作多情呢。

我丢完垃圾回来，江辰在我把门关上时突然睁开了眼，我吓了一跳，这种情况其实很恐怖。试想一下，有点幽暗的房间里，你以为睡着的那个人，突然张开了眼睛看着你，这基本上就让你很想冲上去给他贴张符了。

我惊恐地问他："你怎么还没睡啊？"

他说："睡着了，只是睡得比较浅。"

我想想没话接，只好跟着话尾："那还真的挺浅的。"

江辰又闭上了眼睛，我杵在屋子中间有点无所适从，正想着要不要先走，中午再过来看一下，江辰又睁开了眼睛，说："你还杵在那里干吗，过来陪我睡觉。"

我很吃惊，但由于我在江辰面前经常因为表错情而显得尴尬且猥琐，所以我想我心里那个猥亵的睡觉一定不是他嘴里那个纯洁的睡觉，我就淡定地走到床边："你睡进去一点。"

他往里挪了一点，我就脱了鞋躺了上去。

然后我问他："有没有枕头啊？"

他说："没有。"

过了一会儿他提议说："不然你枕我手臂上？"

我想外科医生的手挺值钱的，要是被我枕麻了，麻了后废了，我的罪过就太大了，于是我就拒绝了。

我们背对背躺了好一会儿后，我问他："你睡着了吗？"

他说："没有。"

我说："会不会太挤了？"

他说："不会。"

我说："那你怎么睡不着？"

他说："我想抱着你睡，但是我想起你从昨晚就一直待在医院没有洗澡。"

我翻过身很生气："你也没洗澡，我都没嫌弃你！"

他眯着他那双熊猫眼沉思了一会儿："说得也是。"

然后他就伸过手来把我捞入怀中，拍拍我的头："好了，现在不挤了，可以睡了。"

我趴在他肩骨和胸肌交接的凹陷处，软硬度都不错，躺起来挺舒适的，但我总觉得我好像被耍了，为了显示我的不甘心，我只好嫌弃他："你身上有消毒水味。"

他嗯了一声不理我，于是我又说："你太多骨头了，硌死我了。"

他这才掀开眼皮："我的骨头数量和你的骨头数量一样，都是两百零六块。"

他把对话上升到了专业角度，我的素质显然跟不上了，就只好想办法转移话题，然后我就想到了苏医生，我说："对了，你知不知道苏医生她爸做什么的？"

他揽实了我："她爸就是我们系主任酥老头，你问这个干吗？"

酥老头者，苏老头也，其人热爱讲笑话，其笑话十分无趣却又很喜欢把无趣当有趣，雷得众人酥麻，故得名酥老头。

我和酥老头有过一个五雷轰顶的邂逅。那是个落叶纷飞的日子，我在走廊等江辰下课，正趴在栏杆上看走廊上来来往往的人，有个老头过来问我："小姑娘，里面是哪个班，怎么还不下课？"

我说："我也不知道，我是来等我男朋友的。"

他笑眯眯地说："你男朋友是哪个啊，指给我看看。"

那时单纯的我啊，就一脸骄傲地往里面一指，而眼前的慈祥老头却突然沉下脸来："江同学是吧，难怪他最近上我的课都魂不守舍，原来是谈恋爱了，我说你们这些孩子，年纪轻轻就是摄取知识营养的大好时光，你们却用来浪费在男欢女爱上，真是太不懂事了。看来我得和他们班主任再讨论一下奖学金的人选。"

我挂在脸上的骄傲没来得及收起来，就这么被惊吓得风雨飘摇了，我用快哭了的声音解释："老师，不是这个样子的，其实江同学他不喜欢我，是我死皮赖脸赖着他的，真的不关他的事。"

他哼了一声："这种事一个巴掌拍不响。"

我一咬牙："老师，其实我实话跟您说了吧，我有臆想症，我总是幻想着跟里面每一个医学院的男同学有非比寻常的关系，前天幻想的是李同学，昨天幻想的是张同学，今天是江同学，依您专业的医学眼光看，我这样的病有没有得医？"

酥老头瞪大了眼睛看着我，半晌才缓缓地问："你是哪个系的？"

"艺术系。"

他喃喃自语："艺术系都是疯子。"又问我，"你只幻想医学系的男同学？医学系的男老师你幻想不？"

我怀疑他这句话里有明显的自荐意味，但出于保护江辰的心理，我也就豁出去了，我绞着衣角，含情脉脉地看着他："其实……其实也有的。"

酥老头负着手倒退了一步："这位同学，其实我刚刚是跟你开玩笑的。"

我愣了："哪个是开玩笑的？"

他说："奖学金人选，还有我不教江同学他们班，我只是认识江同学而已。”

我当时心里闪过的念头是：殴打教师犯法不？或者套麻袋殴打比较安全？不然雇凶杀害他？

他见我不讲话，又说：“这位同学，我有妻室，我们感情深厚。”

我念头一转，凄凄楚楚地说：“没关系，我只要远远地看着您就好了。”

说完还低头擦了擦眼角，用眼角的余光看到酥老头又倒退了好几步，我心想别吓着老人家，正想抬头说我开玩笑的，背后一只手绕过来箍住我的肩：“陈小希，你干吗低着头，酥老头欺负你了吗？”

酥老头恍然大悟，颤抖着手指着我，半晌跺着脚：“你……你太过分了！”

……

江辰在我耳边小声说：“我们快走，他戏瘾犯了。”

苏医生和酥老头，果然是一家人啊。

我抬头，江辰已经沉沉地睡去，我趴在他胸膛上闻着他身上奇怪的消毒水味，也进入了沉沉的梦乡。

A Love So Beautiful

第十章

我醒来时江辰已经不见了，他留了张字条在床头，让我起来了就回家。

我找出手机一看，已经十一点多，可以吃午饭了，想着早上江辰也没吃多少东西，就想买点东西给他吃了再走。

于是我抓了两下头发就出门了，出门刚好又遇到清洁阿姨，我很高兴地上前问她：“阿姨，医院的食堂在哪儿？”

她看了我一眼，然后又看了一下江辰的办公室门：“我不知道。”

她的口气很差，仿佛我就是个人渣。

我又说："您不是在医院工作了几十年，怎么会不知道食堂在哪儿？"

她用看大便的眼神上下打量了我一番，嫌恶地道："知道也不告诉你。"

我被她的坦白震住了，觉得她真是个爱憎分明掏心掏肺实话实说的老实人。

她说完就推着垃圾桶朝前走了，在拐弯前还大声地感叹："现在的人送礼都送到床上了，真恶心。"

我对着走廊的窗玻璃打量了一下自己，衣服是皱了点，头发是乱了点，但也不像是被蹂躏过的呀。我为自己总被误会这种事感到悲哀，同时我也为阿姨的人性感到悲哀，她宁愿相信我是神经病或者是被潜规则的，也不愿相信我们只是一对相恋的男女。当然，这也有可能是我长了一张非良家妇女脸，但也更有可能是江辰素来风评太差，使得社会大众对他的作风失去了信心。

为了不再遭遇到像清洁阿姨的冷嘴脸，我决定靠自己的力量找寻那个食堂的神秘所在。当我在医院游荡时，江辰打电话来了。

"你醒了没？"

"刚醒。"

"那你回去的路上小心点。"

"你吃饭了吗？"

"嗯，跟病人家属在吃。"

"好，我知道了，我回去了。"

这年头连医生都得陪客户吃饭。而我不知道为什么有一点失落，大概是我饿了而他又不邀请我一起蹭饭，所谓上阵父子兵，蹭饭情侣档，他真不懂事。

回家我洗了个澡，换了套舒服的衣服坐在床上发呆，这个周末好漫长，细细碎碎的很不真实，我心里一下子涨得满满的，又一下子抽得空空的。我把腿蜷曲到胸前抱着，这个姿势是为了配合我此时心里的忐忑和患得患失，姿势加上心态，我觉得我真是花瓣一般的少女呀。

我拿起电话打给吴柏松，才响两声电话就被接起来了，证明他很闲。

吴柏松说："陈小希小朋友，你和你家爱人和好了没？"

"和好了。"

"哎呀呀，你的声音怎么听起来那么低落呢？"

我沉默。

他的口气开始认真："你不是和他和好了后，才发现你最爱的其实是我吧？"

我翻了个白眼："去你的。"

他笑了两声，才淡淡地说："说吧，怎么了？"

我先叹了一口长长的气以表示我真的很苦恼，然后把我们和好的过程如实叙述了一遍，最后问他："你会不会觉得我们这种情况很荒谬？"

他问："怎么荒谬？"

我说："很不严肃啊，哪有莫名其妙分莫名其妙合的，显得我很不矜持。"

他说："你少来，我还以为江辰勾勾手指头你就飞扑过去呢。"

……

我又说："可是他们都说倒追的女孩子会得不到珍惜的，这其实一直是我心里的隐忧。"

他说：“那你找别人去，让别人追你，让别人珍惜你。”

我说：“你火气那么大干吗，就不能好好开导我？你说都三年了，我怎么就这么没出息？”

他说：“好吧，我以为你现在需要当头棒喝，没想到你想要的是知心哥哥。既然这样我就婉转点，你根本就是白痴兼花痴，你一提到江辰就会露出恶心的微笑，一看到江辰两眼就跟苍蝇看到屎一样放光，别说三年，就算是三十年，你也逃不出江辰的手掌心。”

呃……你对婉转的定义很独特嘛。

我想他说得没错，世界上真的有相生相克的存在，比如说清华大学的克星是芙蓉姐姐，整容行业的克星是凤姐，而我的克星是江辰。呃，这个比喻好像不是很优雅。

这么说吧，有的人就是你命中那个劫，你爱也好，恨也罢，都抵不过他一句话。

我说：“那江辰他妈不喜欢我，而我爸也不喜欢江辰，我们还是没有未来呀。”

吴柏松说：“这样吧，我给你讲个故事。”

他告诉我一个少男少女的故事，这个故事几乎可以荣登我所听过的荒谬故事第一名。

男孩和女孩相爱，然后他们想结婚，男孩的奶奶不同意，因为女孩生肖属狗，而奶奶小时候被狗咬过，这象征了女孩如果嫁过来就会冲到奶奶的福气，所以奶奶死活不让两人结婚。你看这多么荒谬，对我来说属狗顶多就象征了女孩嫁过来看奶奶不顺眼时有借口咬她而已。后来男孩不忍忤逆奶奶，就离开了，离开前许诺一定会回来娶女孩。多年后男孩回来，女孩成了他爸的情妇，还在狗年替他爸生了一个大胖娃娃，而他爸正在和他妈闹离婚，要给这个女孩一个名分，他奶奶被属狗的新孙子气到住院。你看这姑娘的报复方式就不止荒谬了，还挺阴毒的——做不成你的老婆我就做你妈，嫁不成你的孙子我就嫁你的儿子，你不要一个属狗的孙媳妇，我就给你生一个属狗的孙子。

我听完后惊讶地啊了一声，问他："这是你的故事吗？"

"不是。"

"不是那你讲给我听干吗，难道你要让我去勾引江辰他爸？"

"我就是告诉你这个世界有些人很荒谬，他们喜欢理直气壮地干涉别人的人生，而你完全可以不理他们。比如说这故事里的男孩女孩，他们可以去公证或者相约私奔，再不济点等那老人死就得了，何必毁了彼此和别人的人生。"

"那你的意思是让我和江辰私奔？"

"奔什么奔，你那么笨，能奔到哪里去？"

"那你到底什么意思啊？"

"其实也没什么意思，我就突然想给你讲个故事。"

"这真的是你的故事吧，你怕我知道又何必讲？"

"这真不是我的故事，这是我妈和我大哥的故事。我就是讲一讲我的纠结身世让你心理平衡一下。"

他又成功地让我惊讶地啊了一次。

我们又瞎七瞎八扯了些有的没的，挂了电话后我突然对我和江辰的未来充满信心，因为我觉得我属龙，龙这种生物比较神话比较虚幻，不大可能咬过江辰他家里的人，所以总不会沦落到跟吴柏松他妈一样的地步。

你看我们人总是这样，需要更悲惨的故事来修饰自己的悲惨，用别人的难过来平衡自己的难过，那句很强大的话怎么说来着——当我抱怨自己没有鞋穿时，我发现有的人没有脚。我有脚，我还不属狗，我多么幸福。

周末的结束似乎意味着我和江辰的失联，我上了三天班，接到江辰一通电话，他简单跟我交代了他很忙就没再说什么。而我给他打了三通电话，两通没人接，一通只是匆匆问候了彼此尚能饭否。

司徒末常常嘲笑我，说你的男朋友怎么好像若有若无若隐若现啊。

我诅咒她的科学家老公跟实验室里的女科学家搞出个试管婴儿出来。

星期四一早，我在办公室做案子，那是一个吹风机品牌的外盒设计，其实很简单，放实物图片上去，放品牌logo，放功能简介，放宣传文案，over。我不喜欢这样的工作，但我喜欢这里的同事，因为我应付不来复杂的人事关系，而两个同事傅沛和司徒末都是简单的人。

但今天的工作我做得异常烦躁，我敲着桌子跟司徒末说："我这样活着有什么意义，每天做着这些可有可无的事情，我看不到未来。"

司徒末从包里掏出一支棒棒糖丢过来："分颗我儿子的糖给你吃，别再说那么幼稚的话了。"

别再说这么幼稚的话了，我们都在日复一日的迷茫中前进，就像在黑暗中走路，谁也不知道一脚踩下去会是什么，谁都想看看未来会带我们到什么样的地方。

我正经地说："我吃了你儿子的糖，对他以身相许吧。"

司徒末说：“滚你的恋童癖。”

既然说到恋童癖，我难免想到苏锐，他昨晚给我打电话，说他生活无趣，设计空洞，生意惨淡，归根结底就是他缺一个引领他划破生活混沌长空的灵感女神，而他多方考虑下，隐隐约约觉得我大概就是那个女神。

我说我跟江辰复合了，他说，话说天下大势，分久必合合久必分。

我说不然我给你介绍女朋友，保证比我成熟大方美丽，满足你对姐弟恋的一切幻想。他说能看上你就证明我要的不是成熟大方美丽。

我一个气不过就把电话给挂了，忍了很久才没给他姐姐苏医生打电话告状，这种告家长告老师的行为太无耻，我小时候都不屑做，不能长大了才破戒。

但我没想到我不屑做，不代表苏锐就不屑做。午饭时间我就接到了苏医生的电话，大致内容是她弟弟为了我茶不思饭不想，如果不想她直接上告江辰说我水性杨花就好好想办法解决。最后她郑重地告诉我，上告江辰这个威胁她只是开玩笑的。我去你的黑色幽默。

我打电话给苏锐，他说他还在被窝里，手机里却传来女孩子的谈笑声，我说：“苏小朋友，你姐姐让我跟你谈谈。”

他说：“谁是小朋友，我和你有什么好谈的？”

语气里完全是十七八岁的别扭，真是可爱。

我说：“那好，不谈就算了，你也别让大人们替你操心了，拜。”

说完我要挂电话，他在那头大叫："陈小希，你敢再挂我电话！"

我为什么不敢挂你电话，我天不怕地不怕，这个世界除了江辰的电话，哪个人的电话我不敢挂。

两秒钟后，苏锐的电话追回来了，他大吼大叫："陈小希你太过分了，我那么喜欢你！"

我答："谢谢啊，可是我已经先喜欢了别人呀。"

他说："你一直就只喜欢他一个人你不觉得你的人生很无聊吗？"

我说："有点啊，所以我劝你赶快去多喜欢几个。"

啪一声，苏锐气愤地挂断了电话。他倒是提醒了我，让我决定下班去探望一下那个害我人生无聊的人，一有了这样的念头，我就觉得我之前怎么这么蠢，他忙，我闲，我非得等他抽空来找我是个什么毛病！

我到医院时已经六点多，四处找不到江辰，我打电话给他："你在哪里啊？"

"医院。"

"医院哪里？"

"病房，你来了吗？"

"嗯。几楼几号房？我去找你。"

"不用了，你去大堂等我，我下去找你。"

我在大堂的一排排长凳中挑了个显眼的地方坐下，即使是这个时候，大堂还是坐着站着来回走着不少的人，他们脸上都有或多或少的担忧，但我无暇观察。我忙着盯着各个出入口，也不知道怎么搞的，我突然对于将要见到他这件事感到异常紧张，就好像学生时代，那时我即使是在和同学聊天当中听见他的名字，都会偷偷地心跳漏拍。

“你干吗？”背后有人戳了一下我的脑袋，我本来前倾着探头看走廊，被戳了一下，一个不防就差点往前栽倒，他拉住了我。我转过头去，江辰无奈地看着我：“你连坐都坐不稳啊？”

我傻傻地看着他笑：“我怎么没见你过来？”

他指指身后的楼梯：“我从楼上下来的。”

我呵呵一笑，跳到他身边挽住他的胳膊：“我请你吃饭吧。”

他说：“你那么开心干吗？”

我说：“我见到你开心啊。”

他瞟了我一眼，像是玩笑又像是要求：“开心那你天天来。”

我狂点头：“我觉得你这么忙，我以后就常常来陪你好了。”

他笑着拍着我的头：“你这么善解人意我会不习惯。”

我觉得他这话表达不精确，在面对他时，我其实大部分时间都很善解人意。

他看了看手表：“你想吃什么？我不能离开医院太远。”

我说：“那就这附近哪家最贵吃哪家！我请客，你付钱。”

他笑着说：“你倒是很不要脸嘛。”

“可不是。”我十分骄傲，话讲得可溜了，“我的人生原则是‘吃完拍拍嘴，擦擦屁股走人。”

话音一落，我自己愣住了。江辰迟疑了两秒，然后忽然大笑。一个白袍大夫在医院大厅不计形象地大笑，这种行为是很不善良很不仁慈的，即使笑起来很好看也应该拖出去打三十大板的。

江辰带我从医院后门绕了出去，他说要带我去一家很好吃的火锅店。

我说："你夏天带我去吃火锅？"

他说："那家店一年四季都营业的，他们有一款情侣锅，听说很好吃，想带你去吃很久了，等不及冬天。"

想带你去吃很久了。

我停住了脚步，鼻子酸酸的很想哭。

江辰回过头来看我，不解："怎么了？"

我把手伸过去："你牵我。"

他左右看了看，叹口气握住我的手："你怎么还这么幼稚呢。"

我看着他浅浅浮在左颊的酒窝，切，你还不是也幼稚。

火锅的热烟很快弥漫在我和江辰之间，我除了被这热烟熏得满身臭汗还被它熏陶得十分庸俗，因为我跟江辰说了苏锐的事，而且心里还庸俗地期盼着他最好能吃点醋，不对，最好能大吃醋，气到把火锅桌掀翻了也没关系，只要热汤不浇在我俩身上。

但是江辰只是涮了片羊肉丢我碗里："你少得意。"

唉，我的得意如此委婉，你竟也能明察秋毫。

我说："苏锐问我一辈子就喜欢一个人难道不觉得无聊吗，你觉得呢？"

他说："大概也有点无聊吧，我没试过。"

我愣了琢磨了半天才明白过来，敲着碗边："你再说一遍？"

他又丢一片羊肉进我碗里："我奶奶说敲碗边的都是乞丐。"

我不依不饶追问："你还喜欢过谁？"

他转着眼珠子做沉思状："反正我没无聊过。"

我看他一脸打死不说的样子，气不过，也说："好啊，反正我也不甘心一辈子就喜欢你一个。”

江辰也敲着碗边：“我倒是觉得一辈子只喜欢一个人挺好，跟做手术一样，讲究快狠准。”

真是三句不离本行啊……

我们对于“真爱唯一”这个严肃得山崩地裂的话题讨论告一段落时，江辰突然想起什么似的问我：“你最近有没有上我家？”

“啊？”我摸不着头脑，“上你家？”

他瞪着我：“我的钥匙不是还在你那儿。”

我恍然大悟又有点疑惑：“我忘了你的钥匙在我这儿，你这几天都没回家吗？”

他说：“没回，星期天开刀的病人来头很大，医院高层要求我二十四小时待命。”

“谁啊？”我把包包放在膝上，边埋头翻找钥匙边随口问道。

“上次带你去参加过他宴会的那个张书记，我办公室里有备用钥匙，那把放你那儿。”

我挠挠头：“你的钥匙留我这儿干吗？”

难道他想我半夜上他家偷袭他？哎呀，这怎么好意思呢……

他又丢了一块不知道什么肉进我碗里：“让你上我家打扫，你装什么失忆。菜都快溢出来了，你到底吃不吃啊？”

我也不知道我碗里什么时候堆了这么多的菜和肉，只能赞叹江辰的手脚实在很快。

这大概是我吃过最快的一顿火锅，从点菜到吃完就花了一个小时，吃完后我们望着彼此仿佛在雨中走过的形象，觉得实在是酸臭得很。

A Love So Beautiful

第十一章

回到医院，江辰到医院宿舍去洗了个澡，我在他办公室等待他回来带给我一星期的臭衣服回去洗洗晒晒。

我拎着一大包的衣服走在医院的走廊时，迎面走来了一个妖娆的女子，她先是瞥了我一眼，然后笑着朝我点头：“你好啊，陈小希。”

我也笑着点头：“胡染染，你好。”

我其实远远地就认出她了，那样浓烈的一股妖气，就是烧成了灰也能呛到我。只是我不敢先跟她打招呼，怕她一脸无邪地看着我说：“不好意思，你是？”

自来熟什么的，最丢脸了。

胡染染皱着鼻子嗅了一嗅，指着我手里巨大的黑色塑料袋，眨眨眼：“你杀了你男友，顺便肢解了他？”

我想起那个小护士说的，那人是在女人的床上心脏病发作的，那女人大概就是胡染染了，我想她这种才是谋杀爱人的最高水平。

我说：“是他的换洗衣物，你闻到的酸臭味是我流太多汗了。”

她嘟起红唇吹了声口哨：“贤惠啊。”

我低头浅笑，谦虚地表示我的确比一般人贤惠。

寒暄了几句后我正想离去，胡染染却说：“能陪我抽支烟吗？”

我想我身上的汗味都堪比尸臭了，她还不嫌弃我，这实在是难能可贵的情谊，我如果多加推辞就显得太不上道，于是我就点点头，随她左拐右弯地到了一个僻静的楼梯间。

她递了一支烟给我，我把它夹在手指中观察，通支白且细长，烟屁股还凹进去一个漂亮的红色心形。

她自己先点了烟，然后凑过来要以烟点烟，我有点尴尬，只好硬着头皮凑上去，凑近了才发现她的皮肤极好，我本以为那是浓妆艳抹下的娇艳，没想到她竟然脂粉未施，好吧，天生丽质。

胡染染很快就吞云吐雾起来，烟雾在她身旁弥漫散开，她像《西游记》里扭着腰肢出场的女妖精。

我凝望着手指间的烟，觉得自己像是电影里被带到楼梯间的不良少女，真是帅气不羁，我做好了心理建设才把烟递到嘴巴，牙齿咬住，用力一吸，一股烟冲入咽喉，呛得我咳嗽不已，泪眼汪汪。

胡染染含笑看着我，缓缓吐出一个烟圈："陈小希，你没什么用嘛。"

我自己拍着胸脯顺气，抽空回她："我……咳咳……没抽过烟。"

咳过后，嘴里有一股薄荷味，我说："烟都是薄荷味的吗？"

她摇头："不是，这是给装模作样的女人抽的。"

我由衷地感到惭愧，我连装模作样都做不好。

我和胡染染一起趴在楼梯的扶手上，我不再试图去降服那支烟，只是夹在手指中看它一点一点燃烧，她叫我来，到底是为了什么事？

她抽完了一支烟，把烟屁股往楼下一弹："张倩容每天在医院里勾引你男人。"

我抖落了长长的烟灰："张书记的女儿吗？"

"孙女。"她笑着纠正，"你忘了那老头老到都可以去死了。"

这样的问题我怀疑是个陷阱，我怕我一回答说是呀，就会突然有黑衣人从四面八方蹿出把我抓去关起来，所以我不吭声。

胡染染说："我就是想提醒你一声，别让她得逞。"

我想姐姐你对我的终身大事表现得比我爹妈还上心啊。

我说："不会啦，我对他还是比较放心的。"

胡染染突然激动起来，单手拍得木质楼梯梆梆作响："你放心？你居然会信任男人！"

我想说我信任男人也不是滔天大罪，你何必如此激动……

她又继续敲那楼梯："你太天真了，谈恋爱没有像你这样谈的！"

我心想她对我的恋爱也表现得太身临其境了吧……

由于我的恋爱属于失败后推倒重来型，所以我特别虚心地向她请教了恋爱该怎么谈，她一愣，甩甩头自嘲：“我也没谈过恋爱，我的特长是当情妇。”

……

我们相对无言了好一会儿，她又点了一支烟：“总之你让你男人离那一家子远一点，愈远愈好，我不会害你的。”

这我倒是相信，害我对她没好处，也没挑战性，正所谓杀鸡焉用牛刀。

我想了想，就笑着说：“好，我会跟他说的，谢谢你，我先回家了。”

她摆摆手说再见。

我就走了。

走了有两三分钟，发现自己找不到出去的路，我这人有个毛病，认路只会认标志，比如说什么颜色的路牌、什么颜色的垃圾桶，或者墙上有没有写禁止大小便之类的，而刚刚和她走过来时我忘了留意，所以就不知道怎么出去了。

我只好又绕回了那个楼梯间，她还是趴在扶手上，用她的唏嘘抽着寂寞的烟。

我原本不想打扰她那苍凉到能渗出老泪来的背影，但实在没办法，我只好咳了两声引来她的回头，我说：“那个……我找不到走出去的路……”

她唏嘘的美感被我打得七零八落，扔了手中的烟无奈地说：“跟着我。”

我伸脚把烟蒂踩灭，跟在她身后回到了原来的走廊。

我们在那里看到了坐在走廊长凳上低头哭泣的张倩容，为了符合言情定律，坐她旁边的就只能是江辰了。

胡染染转过头看我："看吧，搭上了。"

我一听急了，以为是我轻度近视看不清，连连问她："搭哪里？搭哪里？"

胡染染愣愣地反问我："什么搭哪里？"

我说："你不是说搭上了？江辰的手搭了她哪里，我近视看不清呀。"

胡染染翻了个雪白的白眼："我是说勾搭上了！"

我松了口气："早说嘛，把我给吓的……"

她皱了皱眉嘟囔："我怎么觉得勾搭比较严重啊……"

大概是我们杵在走廊中央有点显眼，他们很快就发现了我们的存在，江辰疑惑地看着我，招手让我过去。

我脚步刚迈开胡染染就拉住了我，大声道："让他过来，凭什么你过去！"

我求救地看着江辰，他皱了皱眉，还是起身朝我们走来。

"你怎么还在医院？"他从胡染染手中把我拉过来。

"呃，我正要走。"

胡染染一声冷笑："这么迫不及待地赶女朋友走干吗？"

我抬头望江辰，对他露出尴尬的苦笑，表示我也不知道这位太太吃错了什么药。

江辰正要说什么，张倩容却突然也过来了，她伸过手来拉住我，低着头，眼泪啪嗒啪嗒地滴了两大颗在我手背上，她说："你千万不要误会江医生，我只是……只是太难过了，他在安慰我。"

我干笑着抽回手，我说："没没没，我明白，我没误会。"

我边说边偷偷把手伸到江辰的背后，把手背上的泪水擦在他的白袍上。

江辰横了我一眼。

我问江辰："怎么办啊，你安慰一下？"

江辰不理我，他对着胡染染说："胡小姐，刚刚张先生醒来在找你。"

说完后他拍拍我的脑袋："这么晚了，我还是送你回去吧。"

然后就拉着我走了。

我被他拖得一步一踉跄，连连回头，却只见她们俩杵在路中央瞪视着彼此。就在江辰把我拖入转角时，身后传来了啪一个响亮的巴掌声。

我吓一跳，想回头看却被江辰夹了脑袋拖走。

我十分好奇，这巴掌究竟是谁打谁呢……按理说胡染染很强悍，很有可能打人，但她的身份是情妇，所以挨揍也是很有可能的……这真是个难解的谜团，太难解了，对我的智商来说是个难题。但是，我相信如果我明天再来医院一趟，随便找个护士问一下，立马就能得到详细以及润色过的解说，说不定谁的手机里还有现场直击的高画质影片，这表明了以人为本，依靠科技，一切难题总会迎刃而解的。

江辰把我拖到了医院门口，我说："你不是要留在医院里待命？"

他脱了白袍丢给我："这个也带回去洗，都是她的香水味，臭死了。"

我把白袍塞进塑料袋里："你要送我回去吗？"

他犹豫了一下："你自己回去可以吗？"

我点头：“可以。”

他说：“那你路上小心点，回到家给我电话。”

我还是点头：“好。”

他就心满意足地转身走了。

我挠挠头，叹了口气，好歹也看我拦了车再走嘛。

当我伫立在路旁，招了三次的手都没能得到一辆出租车的青睐时，我就决心总有一天我要报复江辰的不解风情，比如说，他深情地凝望我，我就说他有眼屎；他牵我的手，我就说他有手汗；他亲我，我就说他有口臭，如果我心肠够歹毒，我还要说他牙齿有菜渣……

一辆车缓缓停在了我面前，这车有点面熟，里面探出了一个头，这个头很熟，他说：“上车，我送你回家。”

我说：“那……那个待命呢？”

他说：“有别的医生。”

我说：“真的没问题吗？”

他说：“有问题我不会理你，少废话，你到底上不上车，不上车我回去了。”

我抱着塑料袋上了车，一路上笑盈盈的，还不时地哼两句歌，直哼到江辰把车内音响的音量开到了最大。

后来江辰实在受不了，他说：“你到底恶心兮兮地在笑什么啊？”

我摇头晃脑地说：“没啊，我就是很高兴你回来接我了啊。”

我多么感谢，你能回来，我们能回去。

车开到我家楼下，车灯一照，我发现路旁电线杆下站了一个人，他正以偶像剧男主角的姿势斜靠在电线杆上，手指还夹了一支烟，红色的亮光忽闪忽闪。

未成年抽烟，这可不好，我在中国香港看过一些烟盒上的警示语——吸烟可导致阳痿！年轻人别冲动，冲动是会有惩罚的。

江辰问我："他怎么会在这里？"

我摇头："不知道。"

他又说："你真不知道？"

我说："我真不知道，但是你如果对我严刑拷打的话，我就会招供说是我约他来偷情的。"

江辰横我一眼："你给我下车好好处理，我就在车上看着你。"

我说："不然你把车直接开过去，把他碾扁在电线杆上，我小时候看过一部电影叫《电线杆有鬼》，很有趣。"

他说："你下车，我连你一起撞，叫'电线杆有对鬼'。"

我讪讪地下了车，才走了两步苏锐就冲到了我面前，他指着车质问："你为什么和他在一起？"

我拖长了音："让我想想——哦——如果我没记错的话，他是我男朋友。"

苏锐一愣，我看到他眼睛里有一闪而过的悲伤，我有点心软，我不该因为他年纪小就断定他的感情只是玩笑，当年我喜欢江辰时，比他还小。

我瞄了一眼他手里的烟，口气软了许多："抽烟对身体不好。"

他把烟扔了，用脚踩熄："我戒烟，你能不能……"

"不能。"我抢着说，"你别这样，我不喜欢你。"

他揉了揉鼻子："可是我真的很喜欢你。"

我点头："嗯，我知道。"

他说："我不会再像喜欢你一样去喜欢别人了。"

不是的，你会。

我试图缓解气氛："嘿，别这样，等你看上个十五岁的美女，你就会怀疑你现在的眼光了。"

他沉默着缓缓蹲下，埋头抱膝。

我一愣，回头看江辰的车，然后又回过来低头看他，手足无措："你怎么了？"

半晌没得到回答，我只好也蹲下，拍拍他的肩膀："怎么了，哪里不舒服吗？"

他的声音闷闷地传来："我没事，你别管我。"

我说："你是不是哪里不舒服啊，不然让江辰帮你看看？"

他突然抬头吼道："你走开，别烦我！"

我吓了一跳，不是因为他的怒吼，而是因为他的泪水。

我鼻子有点发酸，他才十七岁，也许我是他人生除了考试外遇到的第一个挫折，就像那时的我，喜欢江辰，江辰不喜欢我。喜欢的人不喜欢自己，这是多么让人难过的一件事。

"你走吧，你男朋友在车里等你。"他似乎冷静多了。

我对着江辰的车做了一个"你先回去"的手势。他发了一条短信来：我先回医院了，你处理完了打电话给我。

江辰的车一开走，路上立马暗了不少，幸好路灯又亮了起来。

我就这么陪着苏锐在路旁蹲着，也没说话，主要是我不知道要说什么，而他又忙着哭，路灯把我们拉成两个长长的影子。

就在我以为我们就得这么茫茫无期地蹲下去时，有一个背着书包穿着校服扎着羊角辫的小学生走过来了，她从校服裙的口袋里掏出一把钱，花花绿绿的挺多钱，她从里面捡了一张递给我，她说：“阿姨，这钱你给哥哥买冰淇淋吧，哄哥哥别哭了。”

看着小学生一脸天真无邪地踩踏在我的影子上，我龇牙咧嘴：“这位小朋友，凭什么他是哥哥我是阿姨？”

小学生攥着钱哭着走了。

苏锐这才开口说话了，他说：“钱留下再走嘛……”

我笑着推了推他：“喂——”

他抹了抹脸：“真丢脸。”

我安慰他：“我才丢脸，那小孩叫我阿姨。”

他也安慰我：“她妒忌你成熟妖娆。”

说完，他站起身，也顺手把我拉了起来。

他说：“我没事了，你回家吧。”

我说：“真没事了？”

他说：“大概吧，取决我以后还用不用你当设计衣服的灵感。”

“啊！说到衣服……”我突然想起，一拍脑袋，“我把那袋衣服落在江辰车里了。”

他佯装不满：“什么衣服？你买衣服不到我店里去？有钱不给朋友赚太过分了。”

我瞪他：“那是江辰的衣服，我带回来洗的。”

他撇嘴：“他让你帮他洗衣服？这么不体贴？”

我说：“苏锐小朋友，挑拨离间是没用的。”

“我不是在挑拨离间，如果是我，一定不会让你做这些事的。”他说得斩钉截铁，“我姐说了，女人是用来疼的。”

我点头敷衍："你姐把你教育得真好。"

他又说："是呀，我姐还教我，如果你抵死不从，让我霸王硬上弓。"

我警觉地退了两步："这个是开玩笑的吧？"

他拍拍我的肩膀，赞许道："看来你对苏氏幽默颇有研究嘛。"

……

我木着脸谦虚："略有涉猎，略有涉猎。"

苏锐让我先走，说看着我上楼他就走，我坚持不肯，我说还是我看着你走吧，免得你趁我转身上楼掏出一把枪就把我毙了。

他竟然也没生气："放心吧，要死也是我死，不是你死。"

我想了一下，还是坚持让他先走："我得看着你走远，你要死得死远点，死在这里影响我们附近的房价。"

他不屑："你们这里的房价低了不是更好，那样你才买得起。"

"错错错。"我摇着食指，"啧啧啧，低了我也买不起，我一年的工资就够买一块厕所瓷砖，所以我希望这附近的房价千万别跌，要买不起大家一起买不起，就跟世界末日一样，要死大家一起死，公平。"

他翻了个白眼，带着冲冲的怒气走了。

我看着他的影子在一盏盏路灯下拉长缩短、缩短拉长，我只是希望当他再想起来时，记得的是他自己昂首挺胸地离开，而不是他难过地目送着我毫不回头的背影。

当然也可能是我多心，也许他再回想起来时只是我两条萝卜短腿在艰难地爬着楼梯……

我回家，开灯，灯一亮手机就响了，我一惊，下意识地左顾右盼了一下才掏出手机来，是江辰。

我接起电话："喂，你在楼下吗？"

"没有啊，怎么了？"

我说："我家里灯一亮你电话就刚好打了进来，时间掐得太准了，好像恐怖片的情节。"

他低声笑："你乱七八糟的电影看太多了。"

我反驳："以前是谁老骗我去他宿舍陪他看恐怖片的？"

他说："那又是谁老是吵着想看又不敢一个人看的？"

我翻起旧账来："但是有一次你让我看你们的教学影片！那个比恐怖片还恐怖！"

江辰说："我不觉得那个有什么恐怖的。"

我叫起来："哪里不恐怖了，那刀跟切豆腐似的在头皮上切了个U形，然后掀开，然后在头骨上钻一圈孔，拿掉那块圆圆的头骨，用镊子在里面那一摊血淋淋的东西里搅来搅去。"

他说："不错嘛，手术步骤记得很清楚。"

"能不清楚吗？"我哭丧着脸，"他们在掀开头皮时我一转头就看到你在一旁面带着诡异的微笑，手里模拟着动作缓缓地在掀我的速写本！吓得我眼睛再也不敢离开屏幕一眼，就怕再看到你有什么变态的行为。"

我觉得最恐怖的恐怖故事就是身边的人突然变成鬼……或者妖怪……或者变态……或者敌人。

因为不设防备受到的伤害，最疼。

江辰沉默了好一会儿后说："如果我没记错，我当时在看你速写本里的画，如果我还没记错，里面不少张人物画像我觉得都很眼熟，并且动作比较不堪，比如说跪在地上哭什么的。”

……

这回轮到我沉默了，我有一堆速写本，封皮都差不多，但其中有几本是我和江辰吵架时专门用来画着发泄过瘾的，我在里面画了不少宣示女性主权的漫画：比如说，江辰跪在地上眼泪流成宽面条状地求我原谅，说一切都是他的错，说他禽兽不如、不如禽兽；又比如说，江辰匍匐在地上，我趾高气扬地甩着鞭子向他抽去；又比如说，他跪着擦地板，我躺在沙发上按遥控器，我说给我倒杯水来，他动作慢了点，我冲着他的屁股一脚踹过去，他倒地翻滚一圈，起身鞠躬说谢谢……

于是我岔开话题：“你应该是打电话来问我苏锐的事处理得怎么样吧？”

幸好他愿意配合：“怎么样了？”

我说：“目前双方情绪稳定，女无意出轨，男无意出柜，或者卧轨。”

他说：“处理不了就交给我，别忘了在你心目中我就是个变态医生。”

我干笑了两声：“哪有哪有。”

他又说：“对了，让你洗的那袋衣服落我车上了，我会留着给你洗的，对了，你今晚可以画我在阳台跪搓衣板。”

……

他对于无情地讽刺我嘲笑我打击我这一事情真的是乐此不疲、无孔不入。

A Love So Beautiful

第十二章

A Love So Beautiful

傅沛在自己的办公室里发脾气，因为他买了新的复印机，自己却不会用。司徒末端着茶在座位上哼着小曲，对于观赏傅沛抓狂这事，她总是特别享受。

最近是淡季，大家都闲得发慌，每天的工作内容就是打发时间，但是为了照顾老板傅沛的自尊心，我们常常得装出一副很忙很忙的样子，这实在是让人身心俱疲呀。

傅沛乒乒乓乓地摔完东西，然后说他要出去谈生意了。他前脚一走，司徒末就拉着椅子坐到我身旁，贼兮兮地笑："昨天那个小帅哥是谁？"

“哪个？”

司徒末说：“昨天我下班时在楼下被一个小帅哥拦住了，一开始我以为他是看上了我的美貌想对我劫色……好啦，你别这个表情，我老公一直都觉得我貌美如花的，总之昨天那个帅哥问了我你家的地址，他后来有没有去找你？”

我收起那个想吐的表情，气愤地说：“你不认识他就把我家地址给他，万一他是变态呢？”

“少大惊小怪了，他一嘴一个小美女小美女地叫我，别说把你家的地址给他了，他让我帮忙给你下迷魂药我都帮。”

我说：“你主要高兴的是美女前的那个‘小’字吧？”

司徒末嘿嘿地笑：“你真聪明，他是谁啊？”

“江辰同事的弟弟。”

我大致把情况说了一下，由于司徒末一直觉得自己已婚妇女的身份给她降低了不少魅力分数，为了不刺激到她那条已婚妇女的羡慕嫉妒恨神经，我还特地贬低了一下自己，我说我觉得奇怪，我这么普通的一个人，也不知道祖国的大花朵到底看上我什么。

她安慰我：“这个你不用妄自菲薄，愈年轻的人思想愈难以捉摸，我儿子还觉得这世界上最美的女性是美羊羊呢。”

我怎么就觉得这话中有话呢……

她还说：“其实我觉得他也不错，老牛吃嫩草，对牙齿好。”

我瞪她：“去死吧你。”

她说：“总好过你一天瞄手机十几二十次，老等不到你家男人的电话吧。”

我当着她的面再一次掏出手机来确定手机是否正常工作，然后嚣张地说："我就愿意。"

她笑着睨我，然后突然又一本正经地说："我在想一件事，就是啊，如果你们结婚了，我让我儿子去给你们当花童，这样我可不可以不包红包？"

你看这人，开口闭口都是钱，我觉得寂寞，我和她没有共同话题。

我义正词严地怒斥她："就算你的老公变成我的新郎，你也别想少了红包！"

直到下午傅沛都没有回来，所以在下班前一个小时我和司徒末就分头开溜了，为了怕傅沛临时查班，我们还把办公室电话都转接到手机上，别看我们翘班的行为这么熟练，其实我们还真的……很常翘班。

以前翘班后我常常早早地坐到家附近的地铁站，到站后我就坐在候车椅上，听着MP3，看下班高峰期的地铁载着挤得面目全非的上班族，就像是工厂的传输带，运输着一个一个人类罐头去到各个地方。我在一旁看着我就乐，我就觉得我少挤了这么一回我实在就是赚了。

但是现在我是有男朋友的人了，我必须得抛弃这个下三烂的兴趣爱好，我提前下班了我就得上医院去和男朋友耳鬓厮磨去。

由于我在交男朋友这事上荒废了三年，所以我心里总有点虚，那点心虚属于业务不熟悉的一种。

到了医院大厅，我给江辰打电话，电话一通我们同时说了一句话："你在哪儿？"

"我在医院大厅。"

"我在去你公司的路上。"

"啊！那怎么办？"

"出了医院门口右转有一家饮料店，你去那里喝点东西等我。"

我想了想说："我还是在大厅等你吧。"

主要是傅沛已经拖欠了我两个月的工资了，而医院附近的消费一定比别的地方贵，上次在这附近买茶叶蛋，就比别的地方贵了两块……看我穷得……

"那你待在大厅别乱跑，我很快就到。"江辰说。

"好，你开车小心。"

半个小时后，江辰在医院门口找到我时，我坐在路旁一棵树的阴影里瑟瑟发抖。

生老病死，这个世界很莫测，而医院算是莫测的多发场所，我在医院大厅这三十分钟，就被莫测了一回。

时间拨回半个小时前，我挂了江辰的电话，脸上带着恋爱中人特有的恶心微笑找了个位置坐下。

大约十分钟后，楼上突然传来女人的尖叫声，伴随着乒乒乓乓凌乱急促的脚步声，然后在我反应过来前，一个披头散发的女人从二楼翻了下来，重重地砸在我面前，距离我五步之遥。

我看着她惊恐的双眼满是泪水。

我看着她在地上像垂死的鱼一样抽搐了一下，然后静止。

我看着她嘴角缓缓地流下白沫。

我看着一群医护人员从楼上冲下来，嚷嚷着：“快点给她打镇定剂。”

我看着那个粗大的针头扎进她的手臂。

我想说你们是疯了吗！她都一动不动了你们打什么镇定剂！你们有那么爱扎针吗！你们是医生不是马蜂！

但是原谅我一句话都说不出来。

“陈小希？陈小希？”江辰蹲在我面前，他的手在我眼前挥动着，他看起来忧心忡忡，“你怎么了？发生什么事了？”

我惊恐地看着他，张了张嘴，却说不出话来。

江辰伸手过来拉住我的手，看着我的眼睛，语调出奇的冷静：“小希，你看着我的眼睛，不要怕，我现在问你问题，你只要点头和摇头就可以，知道了吗？”

我点头。

“你受伤了吗？”

我摇头。

他捏了捏我的手：“你看到了让你很害怕的场面？”

我继续点头。

他停顿了一下，低声地问：“车祸伤员？”

我摇头。

他又说：“那人……”

他迟迟没有把话问出来，只是抱住了我，轻轻地拍着我的背：“这里是医院，无论你看到什么，不要觉得害怕，他们只是生病了或者受伤了，或者……”

或者时候到了。

七月炎夏，江辰抱我抱得很紧，感动之余，我其实觉得很热。

他抱了我一会儿，大概也觉得热，就把我从地上拉了起来，牵着我到他车里坐着："我出去打个电话，很快回来。"

我点头，我其实已经冷静了不少，只是前面表现得太过惊恐，突然恢复正常也有点下不了台，于是只好继续扮着惶恐的娇弱模样。

江辰回来时脸色轻松了不少，他说："我知道发生什么事了，那个病人没事了，只是骨折了和脑震荡，没有生命危险。"

我吁了口气，我想医生的人生真的很淡定，只要死不了人的都不是大事。

我点点头表示明白。

江辰没有发动车子，侧身看着我："还怕吗？"

我摇摇头，我有点迷上这种不用出声的表达方式。

他伸手揉揉我的头发："她失恋了，在前男友面前吞洗衣粉自杀，前男友送她到医院洗胃，她死活不肯，挣扎间失足从楼上翻了下来。"

江辰还是很了解我的，知道我有一颗八卦心，用八卦来勾起我的好奇心，分散我的注意力，恐惧就会减少。

我眨了眨眼睛："那她前男友的反应呢？"

江辰捏捏我的脸："我怎么知道，你现在会讲话了啊。"

"我之前吓到了嘛。"我略带撒娇地说，"谁让你把我一个人丢在医院里。"

他没有辩解说我让你出去等是你自己要留在医院的，他只是说："下次不会了，过两天我带你去探望那个病人。"

我说：“我短期内都不想靠近医院了。”

江辰说：“害怕就逃避不是个好习惯。”

我想表演一下著名的跺脚撒娇，但因为坐着不便施展，所以我改嘟起嘴说：“可是我真的不敢。”

他说：“以后都不来也随便你。”

我沉下脸，心里又委屈又气愤，他总是这样。

那时高三，他给我补习数学，十大题我错九题半，对的半题一般是最简单的解一元二次方程式。有一次我写得火大，丢了笔说我不写了，数学老师说数学不好的做好选择题和填空题就行了。

江辰说随便你，但是你以后别说什么要和我考同一所大学的话，我们等级不一样。

那么伤人的话，我那么幼小的心灵，当然是要埋头在书桌上哭一场的，哭够了抬头，江辰还在旁边埋头改着我做的卷子。

我凑过头去看，密密麻麻五颜六色的小字，黑色的是正确解法，蓝色的是解题思路，红色的是数学公式，黄色荧光笔加亮标示了解法一解法二解法三……

我擦干了眼泪：“你把我的卷子涂成这样子我怎么看？还有太多种解法我记不住。”

后来我的每张数学考卷都有很多同学借去复印，我这才发现它们的珍贵，在考虑要不要向来借的人收费的同时，我也考虑了要怎么报答江辰。最后我在他的数学课本上画了一个美若天仙的美女，美女在第一页穿着棉袄，每翻一页就脱一件衣服，从发饰首饰衣服鞋子袜子，最后考虑到尺度问题我给她留了件肚兜和热裤……我觉得这件事体现了我是一个知恩图报的人，这在这个普遍忘恩负义的世界，很不容易。

江辰发动了车子，我在一旁鼓着脸生闷气，我想跟他吵架，想骂他王八蛋，但我不敢……

我孬。

我很怕江辰生气，事实上我怕任何人对着我生气，只是江辰不是任何人，我比怕任何人都怕他，或者说任何人生起气来都没他那么让我心慌，因为我往往不知道他到底生气了没，而我不知道他生气了没，我怎么知道到底该不该害怕，所以我就会因为不知道该不该害怕而感到害怕……你看我都胡言乱语到这个程度了，应该就明白了吧。

于是一路上我都在偷偷观察江辰，愈看就愈觉得他一定很生气，至于为什么，我也不知道，我其实什么蛛丝马迹都没看到，但我说他生气了他就是生气了，不然你咬我。

我伸手去拉拉他衬衫的袖口，手指还在他手臂上划了两下："我饿了。"

他扫了我一眼："嗯。"

"嗯什么啊？"我用手指在他手臂上轻轻地划着，"你带我去吃好吃的吧？"

他抖动了一下手臂，甩掉我的手："开车，别闹。"

我撇了撇嘴，乖乖坐好。

十秒钟后，我说："我去考驾照好不好？"

"不好。"

"为什么？"

"你买不起车。"

……

"奇瑞QQ我总买得起吧。"

"你开车上路一定会撞到人，给交通和医疗事业增加负担。"

喂……这个诅咒太毒了点吧。

我只好转换话题："那你说我去把头发弄卷好不好？"

他瞄了后照镜一眼："不好。"

"为什么？"

他斜眼看我："丑。"

我忍。

我赔笑："那我剪短发好不好？"

"不好。"

我抗议："你以前说过喜欢我短发的！你还说看起来很清新。"

他偏过头来好像很认真地打量了我一下，然后说："有吗？我随口乱说的。"

……

至此，我彻底放弃与他进行友好对话。

于是我特别有气势地朝着他吼："江！辰！"

"嗯？"他不动声色，眼神都没瞟一个过来。

我咬了咬牙，气势十足："我明天还来医院找你吃饭！"

他一愣："不用了。"

我也愣了，我没料到我都退让到这个地步了，他还能够摆谱。

江辰突然笑了："我明天休假。"

我哦了一声："那我后天去。"

他又重复了一遍："明天我休假。"

我奇怪地看着他，隐约觉得他似乎在等我说什么，但我智商不足，只好坦白问："休假怎么了？"

他没有回答我的问题，只是一再强调："我很少休假。"

我不得已，只好表示我也同他一样高兴，于是我笑眯眯地附和："休假真是太好了，真难得，恭喜你呀。"

他气结，瞪了我好几眼，直把我瞪得十分心虚，心想难道他休假我得斋戒三日，沐浴更衣以示祝贺？

车缓缓地前进着，江辰又恢复了生气的状态，我觉得我好不容易把他逗乐了，他突然说不乐就不乐了，他实在是很任性。

于是我也沉默了，拿出手机打开游戏，泄愤地按着键盘，一次一次地把贪食蛇撞得灰飞烟灭，我就觉得很开心。你看江辰欺负我，我欺负贪食蛇，这个世界就是这么公平。

车突然停住不动，我以为等红灯，也没多在意，继续很认真地撞死贪食蛇，过了很久，我都谋杀了数十条贪食蛇，车都没动。我奇怪地抬头看了一下车窗外，车不知道什么时候靠边停了，我回过头去看江辰，他竟也正盯着我看。

我问："怎么了？"

他说："打电话给你老板，明天请假。"

我一时没反应过来："啊，为什么？会扣钱的。"

他理直气壮："让你请就请。"

我怔怔地看着他，他回避与我视线交接，神情还有一点点别扭。我用力地眨了一下眼睛，恍然大悟……

我打电话给傅沛："喂，傅老板啊？"

“亲爱的，我是正老板，不是副的。”傅沛说。

我翻白眼：“不好笑，我明天要请假。”

“请假干吗？”

我说：“我男朋友明天休假，让我请假陪他。”

说完，我用眼角的余光瞄到江辰的脸僵了一下。

请完假，我咬着嘴唇忍着笑：“我请好假了。”

他不自在地咳了一声：“嗯。”

“哈哈哈哈哈……”我最终还是没能忍住，“我……哈哈……你……哈哈……怎么这么可爱……哈哈哈……你想我陪你……你可以……哈哈……直说嘛……哈哈……”

“闭嘴！”江辰瞟了我一眼，发动车子。

有人恼羞成怒了哟。

江辰把车开入一家超市的地下停车场，我好奇地问：“你要买什么东西？”

“食物。”

我喃喃道：“就不能吃完饭再来买吗？我都快饿死了。”

他解开自己的安全带，又俯过身来解我的：“买回家做。”

“啊？”我说，“我不会做饭啊，我只会煮面。”

“那就煮面。”

江辰骗我，手推车里面的食物愈来愈多，甚至出现了一只鸡，一只完整的鸡，有头有脚有屁股。

我看着那只鸡惊恐得就像看到灭绝重生的恐龙：“你买这个做什么？”

“熬汤。”

“你会啊？”

“不会。”他回答得理所当然。

我心想你不是我男朋友的话我早就揍你了。

我在整个购物过程中的贡献就是我挑选了一包奶油味的瓜子，但这并不能让我觉得自己没用，我的脸皮够厚。

江辰拎着大包小包，我提出要帮他分担，他就分了一个装蔬菜的袋子给我。

我说我还可以再提两袋，他说你把力气留着好好琢磨待会儿怎么做菜，我欲哭无泪。

再一次站在江辰家门口，我倚着墙等着他找钥匙开门，他横了我一眼：“开门啊。”

我这才想起我有他家的钥匙，埋头在包里掏了半天才找出一串陌生的钥匙：“哪一把开哪个锁？”

总算是进到江辰的房子了，房子不大不小，两房两厅，布置得十分之简洁，像个样品房，我站在门口打量，他绕过我走进屋里，还顺手拿走了我手上的那袋蔬菜。

我忙跟在他身后：“你这里是租的还是买的？”

他回过头来盯着我看，眼神深邃：“怎么了，要嫁给我？”

我诚实地说：“也不是，就是觉得如果是租的，空了一个房间很浪费。”

说完我突然意识到什么，立在原地不动，哭丧着脸：“你刚刚是在求婚吗？是的话我可不可以重新答过？”

他说：“不是，不可以。”

我撇嘴，两句话中间的逗号去掉还差不多。

“愣在那里干吗？过来帮忙。”

“哦。”

三分钟后，我们看着满流理台的东西面面相觑。

“第一道菜要做什么？”

江辰皱了皱眉头：“汤吧，汤可能要炖很久。”

“那炖吧，怎么炖？”

“切一切，丢进水里煮。”

“那你切吧，你是医生，使惯刀的。”

“那是手术刀。”

“那你家里有没有手术刀？”

他回想了一下：“有，在电视下面的抽屉。”

我跑出去抓了两把手术刀回来递了一把给他：“喏，你用惯的刀。”

他拿着手术刀，往鸡身上轻轻一划，皮开肉绽。

我忍不住哇了一声。

江辰回头看我一眼：“知道了吧，放下手术刀，会有生命危险。”

我迅速把手里的手术刀往流理台一丢：“我洗菜。”

水哗啦啦地流，我偷看了一眼江辰的进度，忍不住说：“你在干吗？”

“去鸡皮，取鸡肉。”

“炖鸡汤要去鸡皮和取鸡肉吗？”

“不用吗，那你给我手术刀干吗？手术刀又不能劈骨头。”

……

十分钟后，我问：“洗好的花椰菜要怎么煮？”

江辰："切一切，丢进去煮。"

再十分钟。

我又问："那排骨怎么办？"

江辰："切一切，丢进去煮。"

再十分钟。

我想要最后争取一下："不如我们出去吃，顺便买两本食谱回来，下次再研究。"

他剁着排骨的刀一顿，举着刀阴沉地看着我："今天这餐饭做不出来，我们以后就都别吃饭了。"

……

亲爱的，咱能别那么逞强吗……

因为每一道菜都是"切一切，丢进去煮"，所以这顿饭做得很快，一小时不到就全部上桌了。以往我在家里最大的乐趣就是我妈端菜上桌时我蹑手蹑脚地过去偷吃，然后被我妈拿着锅铲追在屁股后面毒打。但在江辰这里，我彻底放弃了这个乐趣，我甘于当一个无趣的人。

坐在饭桌上，我看他，他看我，谁也不肯先动筷。

江辰笑着夹了一朵花椰菜送到我嘴边："我想起我从来没有送花给你，来，我送你一朵花。"

我躲避不及，只好吃下，味道一般，清水煮青菜，不煮太烂就难吃不到哪里去。

江辰看我没有不适的反应，也夹了一朵吃，吃完后皱着眉头："陈小希，你是不是忘了放盐？"

我面无表情："盐都是你在放的。"

他耸耸肩："盐吃多了会高血压。"

我咬着筷子问："那我们明天去哪儿玩啊？"

他拿我的碗去舀汤："哪里都不去，待在家里看片。"

吃完饭我乖乖去洗碗，洗碗时江辰进厨房倒了一次水，我当时脑子里正在幻想着那最俗气的画面——我在洗碗，江辰从背后环抱住我的腰。

所以江辰进来时我是很紧张的，为了让这个拥抱达到最好的状态，我特地用力地深呼吸，把小腹缩了回来。

但是江辰只是在我身后停了两秒，说了句："你放太多洗洁精了。"

然后他就出去了，我呼出一大口气，不甘不愿地放过了我的小腹。

我甩着手上的水走向客厅时，横躺在沙发上的江辰嚷了一声："帮我看一下水开了没有。"

我看见饭桌上插了个电水壶，水壶冒着热烟，我真的不知道脑子里运转的哪个轮齿卡错了位置，我念叨着水开了没有，然后就爽快地把手往水壶上一贴，只听滋一声，我惊声尖叫，但在脑海中先闪过铁板牛排，然后再闪过痛。

江辰冲过来抓着我的手往厨房里拖，他拖的方式有点粗鲁，像是拖死狗，但我原谅他只是太着急。

水哗啦啦地冲在我手上，我觉得火辣辣的疼，为了转移注意力，我说："我确定过了，你的水应该是开了。"

江辰的脸很臭，松了我的手往外走："继续冲，我马上回来。"

他拿了结冰盒回来，掏出了一把冰块塞在我手心：“握着。”

我握了一会儿觉得冰得发麻，才松开手，江辰又握了一把冰按在我掌心。

他给我冰敷了十几分钟，才皱着眉头问：“还疼不疼？”

我怕他继续冰我，连忙摇头说不疼。

他拉了我的手到眼前仔细地观察了一会儿才放下：“不错，三分熟。”

我很少能够遭遇江辰的幽默，所以显得受宠若惊，为了表示我彻底领会了他的幽默，我说：“报告，下次争取五分熟。”

他的脸沉了下来，开始对我进行一段长达十分钟的炮轰，内容不外乎“你以为你的手是温度计啊”“你怎么不干脆把头也伸进去煮开”等友好评语和建议。

我安静地欣赏他抓狂的样子，由衷地觉得他面容实在姣好，脾气实在暴躁，一切实在挺好。

他发了一会儿飙，然后发现我很乐在其中，就气呼呼地跑去客厅沙发上坐着。可怜我一个烫伤的人，拖着蹒跚的步伐向着客厅走去，为了引发他的同情心，我还上演了一场三步一踉跄的虚弱。

江辰冷冷地瞧着：“你是烫到手还是烫到脚？”

我讪讪地走过去，刚坐下就听到手机在包包里响，我掏出来一看，我老娘。

我接通电话，可怜兮兮地说：“喂，妈……”

“小希呀，你的声音怎么听起来要死不活的？”

“我的手被烫到了。”

“哎呀！怎么会？没事了吧？严重不严重？”我妈大呼小叫起来。

果然《世上只好妈妈好》这首歌不是没有道理的。

我安抚她：“没事了，没事了，已经处理好了。”

“怎么烫到的？”

“呃……我自己拿手去摸开水壶。”

电话里沉默了好几秒，然后幽幽地传来两个字：“脑残。”

我一愣，被自己母亲用这么精辟的两个字评价，真是一个奇妙的经验。

我妈突然软着声音说：“对了，妈妈有事跟你说哦。”

我忍不住心底一个激灵，每次当我妈慈祥地自称“妈妈”时，总会有一些对我来说不祥的事情发生……

“妈妈的好朋友有一个儿子，就跟你在同一个城市，一表人才，事业有成……”

我无奈地叹气：“妈，讲重点。”

“重点就是，她儿子听说你也在同一个城市，想跟你认识一下，分享一下人在他乡的孤寂。”

我捏捏鼻梁：“你们现在安排相亲都讲得这么婉转吗？”

江辰转头看了我一眼，我回了他一个苦笑。

我妈剽悍起来：“那现在是怎样，去还是不去？”

我仰起宁死不屈的头：“不去！”

“你再说一遍？”

“不去！”

正激动着，手心突然一凉，低头见江辰正在往我手心涂药。

我妈提高音量："你不要以为你脑残就觉得自己还是萝莉！你是剩女！"

我说："这位太太，不瞒你说，我的妈就是你，还有，能不能麻烦你没事就拖拖地、搓搓麻将，不要再上网了！"

"我不管，你不去也得去！"

"我说不去就不去，有种你把我打死了拖去！"

"你不要以为我不敢，我打断你的腿，让他上医院探病去。"

"你以为我怕你啊，你来啊。"

"我马上去买车票，就打断你的腿。"

"你来啊，我等你。"

"你等着，我就来。"

"你来啊，我等你。"

"你等着，我就来。"

……

重复了十数遍，江辰突然抢过电话，劈头就说："阿姨您好，我是小江。"

我吓一跳，下意识要跳起来去抢电话，江辰单手抓住我两手的手腕，然后一副什么事都没发生的样子继续跟我妈聊天："是的，就是对面的小江，江辰。"

"妈……"我着急地说，江辰低头凌厉地瞪我一眼，我就蔫了。

"嗯，对，我和小希在一起……好的……不是不是，是我不对，我没注意到，我一定去拜访你们，是的，好，我知道了……"

最后江辰说："阿姨，那小希能不去相亲吗？"

我听到手机里传来我妈的两声招牌干笑，然后他们就互道再见。

江辰把手机丢给我："解决了。"

我欲哭无泪，接下来我该如何面对我那个仇富的老爸……

我握着手机举在胸前，以一副少女的祈祷模样想了很久的对策，比如说跟我爸说江辰不能没有我，我不能没有江辰，我们对彼此的需要就好像鱼和水，水和鱼，人民和人民币……

就在我想得入神时，时钟当当地敲了十下，我意识到有一件更迫在眉睫的事情需要解决，就是——我是否应该提出要回家了呢？

A Love So Beautiful

第十三章

私以为，向男朋友提出要回家的时间点很重要，将影响两人关系的融洽程度。时间不能太早，因为他会怀疑你觉得和他在一起的时间度日如年，你想早早逃开；时间又不能太晚，因为他会觉得你不够矜持，会以为你暗示什么……

而经过我多年来的实践和研究，最完美的时刻应该是——我也不知道，所以随便，既然钟敲了十点，也算缘分，就十点吧。

于是我跟江辰说：“时间也不早了，我要回家了。”

他正端着两杯水：“喝完这个再说。”

“什么东西？”我伸长了脖子看。

“柠檬冰茶。”

“哦。”我接过来，随口开了个玩笑，“你不会下了药吧？”

他喝了一口，偏头看着我笑：“我随时可以把你就地正法。”

我干笑：“呵呵，我开玩笑的。”

他也笑：“我也开玩笑的。”

我那个无耻的玩笑让我陷入了如坐针毡的境地，而江辰却是一副好整以暇的模样，喝着柠檬冰茶对我露出阴恻恻的笑，尤其是那个酒窝，阴险狡诈且深不可测。

我举手投降：“是我错了，我不该乱开玩笑，我不该用玩笑来刺探你的道德品行，我下流。”

他点头表示同意，依然锲而不舍地望着我笑。

曾经我是多么喜欢他的笑容，而现在我恨不得撕掉他的笑容，或者……撕了我自己的衣服躺下说，来吧，早死早超生……

当然我没有这样做，这样显得不矜持，矜持是我的人生守则之一，所以我又提出来：“我茶喝完了，送我回家吧。”

江辰淡淡地说：“不然今晚留在这里？”

我咽了咽口水，一时不知道怎么回答，只好憋着气，想憋出一个脸红来表示我十分害羞。

江辰也有点不自在的样子，他咳了一声解释：“我是说省得明天得再去接你过来，反正我这边有两个房间。”

我反射性地啊了一声：“两个房间啊……”

他说：“你很失望？”

他对我语气的判断很准确，但我怕他因此而骄傲，我们的教育从小就告诉我们，骄傲使人落后。为了不让他落后，我只好拼命否认，我说："哪有，你胡说，我那个……是因为我没有带换洗衣物。"

我看他并不是很相信我的样子，又追着解释："真的，我在医院都跟你一起睡过了，就算我有什么歪念头也早就实行了，所以我真的不稀罕和你一起睡。"

这个伟大的国家有一句伟大的俗语，叫"愈描愈黑"，我现在就深受其害。

江辰在这个时候显得特别的大度，他说："我理解。"

这个时候我已经不好去追究他到底理解的是什么了，所以我强装坦荡："那你给我找一套睡衣吧，我想洗洗睡了。"

我是这么想的，坦荡荡是唯一能够掩饰心虚的良方。

江辰比我还坦荡，他打量了我一下："你这么矮，我给你一件T恤就可以遮住全部了。"

……

因为我没有修长的双腿，表演不出穿着男性衣服那种若隐若现的中性性感，所以我跟江辰多要了一条篮球短裤，只是他的短裤我穿起来却成了七分裤，从浴室走出来时江辰看着我直笑，说你是唱戏的吧，以前觉得你矮，但没发现这么矮啊。

我提着裤子要揍他，只是不知道为什么揍着揍着就滚到一块儿去了，情侣间就像两块磁铁，离得太近就迫不及待地贴在一起了。

江辰把我带倒在地，悬空凝视着我，大概是两三秒，又或者是两三分钟，总之我吞了三次口水，第三次没来得及好好咽下他就吻上来，那是个带着柠檬香味的吻，我一开始觉得像是在和空气清新剂接吻，后来他咬了我的下嘴唇，我就放心了，空气清新剂不咬人的。

他的吻带着前所未有的热情，火辣辣地燃烧过每一寸他触碰到的肌肤，我的体温急速地上升，尤其当他的手抚上我的腰时，他粗糙的指纹在上面摩挲着，我觉得那一节腰的热度已经超越了人类所能负荷的温度，它正在急速地燃烧脂肪，我预计我的腰肢很有可能融化融化，缩小缩小，最后断成两截……

江辰在动手要掀我的上衣时象征性地问我："怕不怕？"

我嘴硬："不怕。"

"你确定？"

"我确定。"我抬头亲了他一口。

他就当真了，瞬间就把我的上衣扒了……

所以两秒钟后，我突然尖叫的行为令他很不解，他停下解我内衣扣子的手："怎么了？"

我说："我……可不可以不要？"

他一愣："你不是不怕？"

我可怜兮兮地干笑，心想这位帅哥，善变是女人的权利。

他凶神恶煞地看了我好一会儿，叹了口气从我身上翻下来，躺在一旁深呼吸。

我手忙脚乱地套上衣服，本来想赶紧找个地方躲起来，但转念一想，还是装出怯生生的样子："你生气了？"

江辰转过去背对我："废话，换你你不生气啊！"

我戳一戳他的背："那我睡哪个房间？"

"你爱睡哪个睡哪个。"

“哦。”我走了两步，忍不住又说，“那你怎么办？”

“我给你个建议，如果你不想帮我解决，就闭嘴进房锁门。”他噼里啪啦夹杂着火气说。

我考虑了一下，说：“真的需要锁门吗？会不会显得不相信你？还是说其实你有钥匙？如果你有钥匙的话，那我锁和不锁没有本质上的差别，这种形式主义的事我们能不能不做？”

“陈！小！希！”他坐起来，咬牙切齿。

我迅速飞进一间房间，关门上锁，然后我听到拖鞋在空中划出一道弧线，打到门上，然后滑下，掉地。

多么愉快的一个夜晚。

我环顾四周，发现我随便冲进来的房间应该是江辰平时睡觉的房间，因为床上还丢了几件他的衣服，事实上我形容得比较客气，上面其实堆满了他的衣服和书。

我扫出一个角落，盘腿坐着，顺手捞衣服来叠，房间里充满了江辰的味道，这种味道我从十六岁开始熟悉，希望能弥漫我的一生。

门上传来叩叩两声，江辰的声音传来：“开门。”

“干吗？”我反射性地抱了一件衣服挡在胸前，然后发现自己很好笑，又笑着将它叠好。

“拿衣服洗澡。”

“真的？”

“假的。”他没好气。

我去开门，心里忐忑着会不会一开门他就把我推倒在床上，然后这样那样那样这样，哎哟，真不好意思……

可惜江辰放错重点，他以为我真的想立牌坊来着，所以他进门，拿衣服，出去，瞧都没瞧我一眼，还顺手自己带上门……

我简单地收拾完江辰的房间，正准备躺下，门上又传来叩叩的敲门声，我的心一下提到了嗓子眼。

江辰说："喂，我睡了，晚安。"

"晚安。"

我提起的心又缓缓地放下，江医生，不带这么调戏你女朋友这颗寂寞芳心的……

当我带着甜蜜的微笑进入梦乡时，大概我洋溢的幸福让周公他老人家觉得刺眼了，他安排了白天那个跳楼的环节，像录像带一样不停地回放着，直到我尖叫着从梦里醒来。

你看，即使是神，他也羡慕嫉妒恨。

我摸索着开了灯，抱着枕头发呆。

两声叩叩的敲门声响起，我抱紧枕头，缩到床边。

"小希，是我，你没事吧？"门外传来江辰的声音，我才松了一口气，独居久了，一时也忘了今晚房子里有两个人。

"我进来了？"他又敲了两声门。

"好，门没锁。"我说。

门开了，江辰端着一杯白色的液体走进来，如果我没猜错，那大概是牛奶，如果那是别的，我只能说他打破了常规思维，英语叫"Thinking out of the box"。

我突然觉得自己就像困在高塔的公主，我的王子带着宝剑来拯救我了，我真是童心未泯呀。

江辰将杯子递给我："做噩梦了？"

我喝了一口，的确是牛奶，证明江辰没有创新精神。

“我梦到今天那个跳楼的女孩了。”我又喝了一口牛奶，没放糖，真难喝。

他在床沿坐下，拍拍我的头：“别怕。”

我把杯子放在床头柜，挪过去靠着他的肩膀，眯着眼睛问：“现在几点了？”

“三点左右。”

他的肩膀给我带来浓浓的睡意，我打了个哈欠：“我想睡了。”

“那你睡吧。”他扶正了我的头，“躺好，我等你睡着了就出去。”

我在床的一侧躺下，拍拍另一边：“一起睡吧。”

我必须强调，我其实是神志不清的，不管是吓的还是困的，总之我必须坚持认为我神志不清，不然我无法原谅自己主动邀约男性一起睡觉这种行为，这不符合我被封建残余思想荼毒至深的形象。

江辰迟疑了一下，伸手关灯躺下。

我也迟疑了一下，滚过去从背后搂住了他的腰，把脸埋在他两块蝴蝶骨中间的凹槽里，闭眼睡觉。

他身体僵了僵，然后手覆上我缠在他腰上的手。

黑暗中我可以听到他的心跳先是失序的，然后慢慢平缓下来，我说：“你睡了吗？”

“没有。”

因为我的耳朵贴在他的后背上，所以他的声音嗡嗡地响，像是从遥远的地方传来。

我说：“江辰，我忘了我有没有跟你说过了，我爱你。”

他沉默了好一会儿，我听着他的心跳又跟擂鼓一样，在我快要睡着时他转过身来抱住我，亲了一下我的额头：“睡吧，再说话我就不客气了。”

我这人有个毛病，我称它为“突发性顶嘴病”，这个毛病集中表现在我意识不清楚时。比如说我记得有一次上《西方美术史》，我在打瞌睡，被老师抓起来回答问题，他说：“韦罗基奥为什么让达·芬奇画鸡蛋？”因为睡眠不足，我对于这个在小学课本就出现过的白痴问题显得很不耐烦，我说：“因为他喜欢吃鸡蛋。”老师气得要死，大为感叹我永远不可能成为达·芬奇那样伟大的人，我随口就顶他：“那是因为你也成不了韦罗基奥。”

不瞒您说，这堂课虽然是选修，但我足足补考了五次，刷新了我们系的补考纪录，也算历史英雄。

而现在我的毛病突然又犯了，当江辰说“再说话我就不客气了”时，我下意识就顶了一句：“谁让你客气来着？”

江辰说：“你说的，别后悔。”

我又顶：“谁后悔了？切——”

两秒后江辰就凌驾在我身上，他大概意识到如果再拖拉他将重蹈上次的覆辙，所以在我恢复清晰的意识前，他迅速且毫不手软地除去了我俩身上一切布料制成的障碍物。

我说：“等……唔……”

嘴巴被嘴巴堵上了。

我想既然我俩身上已经没有所谓的遮羞布了，那就算了吧。由此你可以知道，我的生活态度是多么的逆来顺受。

江辰的吻滑下我的锁骨时，我进入了恍惚的境界，这种恍惚好像晕船。我不知道这恍惚时段持续了多久，总之江辰带领着我学习了一些学校没教的事，我想再坚持实践几次我们就可以自学成才了。

第二天的早餐是江辰做的，他在做早餐时我裹着被单去上厕所，我问他为什么把整间屋子的空调开得这么冷，他说为了让我睡晚一点。我上完厕所路过厨房时进去从背后环抱住他的腰，把脸趴在他背上打瞌睡，我自觉十分温馨，但他问我："你上厕所洗手了吗？"

……

我揉揉眼睛，游回房间睡觉。

过了不久他把我从床上拎起来，说吃早餐了，我说我从来不吃早餐的，然后倒下去又睡。

他又把我拎起来："我做的早餐你不吃？"

我想起他家有手术刀，只好爬起来装出精神的样子："走走走，咱吃早餐去。"

只是精神不够我维持到下床，我坐在床沿用脚捞拖鞋时就忍不住闭上了眼，江辰在一旁笑，我打着哈欠说你别笑呀，你帮我找拖鞋。

他蹲下来帮我把拖鞋套上，但在我两脚要沾上地面时他突然拦腰把我抱起，我把脸窝在他的肩窝指挥着："走慢点，让我多睡两秒。"

江辰没让我坐在椅子上，他让我坐在他大腿上，并且对我进行了甜蜜蜜的喂食。我对这样的安排受宠若惊，曾经我在大学食堂多次如此要求他，都被他以"你觉得我看起来像神经病吗"或者“你杀了我吧”或者“你脸皮到底有多厚”这样的借口给婉拒了。

我吃了半颗他忘了放盐的荷包蛋，然后说：“喂，我吃饱了，抱我去睡觉。”

江辰捏着我的脸：“你倒是使唤我使唤得很理所当然嘛。”

我表示同意：“我厚颜无耻。”

他只好把我又搬回了房间床上，我就一头栽进去又睡着了。

我再一次醒来时已经是中午，我瘫在床上大叫：“江辰，江辰。”

江辰进来时戴着眼镜，很斯文败类的样子，我指着他的眼镜惊奇地问：“你什么时候近视了？”

“你不在的时候。”

我咳了一声：“平时怎么不见你戴眼镜？”

“戴隐形比较方便。你叫我进来干吗？”

我说：“我通知一下你我睡醒了，还有，我饿了，还有，背我出去洗漱。”

江辰摘下眼镜，捏了捏鼻梁，又戴上眼镜：“你使唤我上瘾了是不是？”

我挠挠头，羞涩地说：“好像有点。”

他摇摇头，转身要出去，我眼明手快地拉住他的衣服，死死拽住他的衣角不肯放，他和我拉扯了一会儿，最后无奈地转身：“我顶多背你到客厅。”

我欢呼着趴上他的背：“走喽。”

午饭时我随便煮了一些面条，吃完收拾好已经一点多了，我问他：“你早上在干吗？”

“看书。”

我啧啧感叹：“你放假还看书啊？”

他说：“某人请假陪我，但是睡得跟死猪一样我有什么办法。”

我反唇相讥：“那还不是因为你害我很累。”

说完，我的脸迅速烧红，到底是多无耻的人，才能讲出这样的话呀……

江辰一愣，竟然也脸红。

为了掩饰我自己的脸红，我指着他的脸嘲笑：“你脸红什么，你不是医生吗，你不是最熟悉人体构造吗，你什么大风大浪没见过，你怎么好意思脸红……”

江辰指出：“你自己画过那么多人体模特儿也脸红。”

我想想好像也有道理，但还是坚持：“你看过的比我多。”

他大概是烦透了我的嘲笑，冷冷地说：“我看过的大多是尸体。”

我打了个冷战，决定让这个讨论告一段落，我说：“我们下午干吗去？不是说要看电影？”

他问：“你想看什么？我们去租来看？”

“算了，我什么都不想看。”我意兴阑珊。

他推一推眼镜：“那你想干吗？”

我沉吟了一会儿，很兴奋地提出建议：“不如我躺在地上不动，让你踢来踢去吧。”

江辰脸上浮现错愕的表情，久久不散。

好一会儿他才说：“陈小希，你神经病的程度总是能够超出我的有限想象。”

我谦虚道：“好说好说。”

最终我们还是去租了一部电影DVD，是那个店老板极力推荐的，说是情侣一起观看的最佳良品，“良品”光是滚字幕就滚了五分钟，然后是五分钟的纯音乐，然后是一堆面无表情的人走来走去，走了五分钟，这十五分钟里，江辰靠着我睡着了。

他的头发软软地贴在我的脖子和脸颊上，我侧头看着他的睡颜，棕色的头发乱糟糟的，长长的眼睫毛顶在眼镜的镜片上，嘴角微扬，左颊的酒窝若隐若现。

我轻轻地拿掉他的眼镜，顺一顺他的头发，我爱的人，有全世界最可爱的睡脸，我何必听电视里那个雀斑女人瞎唠叨。

我的头抵着江辰的头，缓缓地闭上眼，我能够听到外面车水马龙，人声喧嚣，也能够听到外面阳光流淌，微风荡漾。

时光，因为是和他在一起而显得静谧美好。

“良品”它自己孤独地、寂寞地，播放完了。最后的最后，因为“良品”是一部法国原装电影，我甚至连它的名字都没记住。

不知过了多久，江辰推醒我，用大拇指替我擦去嘴角的口水痕迹，问我：“电影演什么？”

我看着一片蓝的电视屏幕，困惑地摇头：“不知道，有个女人一直说话，然后我就睡了。我们拿去还吧，免得到了明天又多算一天租金。”

于是我们就手牵手地去还片了，店老板热情地追问我们的感想，我不忍心伤害他的感情，只得对着他临时扯了一段感想，我说我觉得这部电影很有艺术感，镜头感很足，演员的表演都很到位，戏剧张力也很够，重点是这部电影还从侧面深度地剖析了人类的深层情感。

老板听完我的话激动得久久不能自已，拿着片子的手不停地抖："你说得太对了，说得太好了，你就是我的知己呀，这片子的租金我不要了，我不能要，我要是跟你要钱我就不是人！"

为了让他维持人类的身份，最后我们只好勉为其难地没有付钱。

然后我们去了一家小书店，准备买几本食谱回去照着做晚餐，江辰拿了很多本，问我："你能像忽悠刚才那老板那样把这几本书给忽悠免费吗？"

我看了一下书店老板，表示女老板不是我的业务范围。

于是江辰过去付钱，他的酒窝一荡漾，那女老板就主动给他打了八折。

回家的路上，我们都深深为彼此的魅力四射而感到骄傲万分，好吧，其实是我为了少花几十块钱而骄傲万分，原谅我这颗小市民的心吧。

江辰真的是一块读书的好料子，他翻了几本食谱后，气场整个就强大起来了。昨天他还在厨房里手忙脚乱，今天往厨房里一站就是一副大厨的模样，运筹帷幄，井井有条。

内在知识改变外在形态，今天的他，已经不是昨天的他。

我盘腿坐在餐桌旁，拿筷子敲碗边，伴着敲打的节奏催他："江大厨，我好饿，江大厨，我好饿……"

江大厨在厨房里大发雷霆："陈小希你给我滚进来帮忙。"

我探了个头进厨房："你一个人不是游刃有余嘛。"

他拣了颗蒜头扔我，蒜头叩一下打在我额头上然后又活泼地弹跳出去了。

我捡起蒜头，随手放在料理台上，凑过去看他炒的菜，花椰菜炒牛肉，旁边炉上还炖了一锅鸡汤，看来他是下决心要为昨晚的菜翻盘。我偷偷舀了一勺汤，江辰在一旁诅咒："烫死你。"

我吹凉了喝下那勺汤，泪眼汪汪："江辰，咱不当医生了，咱开家小餐馆吧，你太有天分了。"

那汤真的是，那股鲜美的劲儿，仿佛喝完后就有一群鸡扑腾出来与你共舞，你在漫天飞舞的鸡毛中旋转跳跃，洋溢着幸福的微笑——好吧，我承认这种形容我是从周星驰的《食神》那里模仿来的。

江辰后来做的每个菜我都感动得泪水涟涟，我把每盘菜都吃得见底，而且要不是碍于他在一旁，我还会把每个盘子底都舔一遍。

吃完饭我自动去洗碗，江辰也来帮忙，但我怀疑他是来监督我不要舔他的盘子的。

我洗碗他擦干碗，闲聊一两句有的没的，然后他突然说："你要不要搬来一起住？"

我手里端着盘子，犹豫着我要不要失手摔碎它以表示我被他的提议吓到了，但因为我犹豫太久，以至于错过了反应的最佳时间，只好默默地把盘子递给他。

他接过去擦着，漫不经心地又问："要不要？"

"呃……不要……吧？"我说。

“哦。”他停顿了两秒，又问，“为什么？”

“呃……我睡觉会打呼。”

他说：“并不会。”

……

我其实也说不出什么道理来，摸了摸脖子：“我只是觉得这样不是很好。”

他没有再逼问我，点点头：“你觉得不好就不要。”

我小心翼翼地问：“你会不会不高兴？”

他的唇凑上来轻碰我的唇：“不会。”

A Love So Beautiful

第十四章

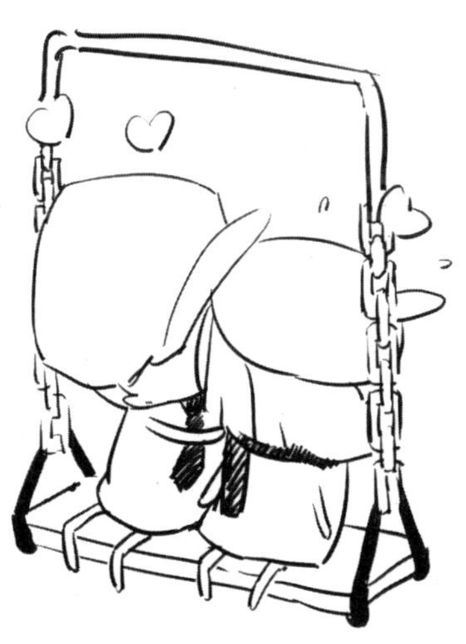

A Love So Beautiful

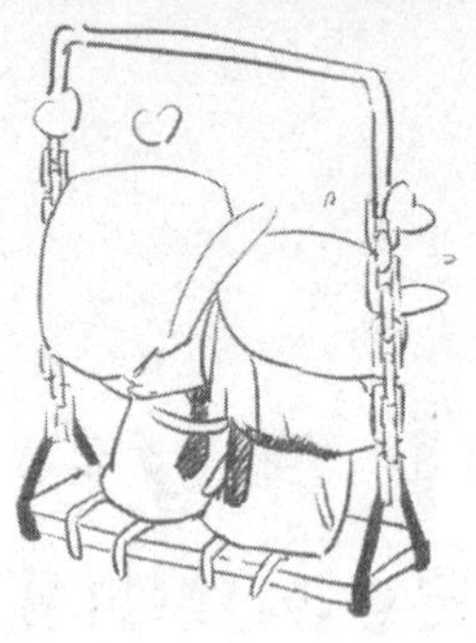

恋人间总会有这样那样的话聊，尤其如果其中一方是话匣子。

当我第十二次追问江辰当年为什么会喜欢我或者什么时候发现自己喜欢我时，他拿起车钥匙：“我们明天都要上班，我送你回家吧。”

我失望地叹气，这疑惑从我们在一起的那天就存在了，无论我威逼利诱还是拉下衣服露出香肩色诱，江辰不说就是不说，可怜我唠叨的表面下其实也是一颗青春萌动的心呀。

我被塞进车里时还在想方设法套他的话，我说：“你知道吗，我当时觉得我要是就这么一直喜欢你，你却一直不喜欢我，我的青春就没有了。”

“哦，原来如此。”他说。

我瞪他：“你真的很讨人厌。”

他压根儿懒得理我，很认真地注意着路况。

我常常在想，即使是再亲密的两个人，都不可能知道彼此的想法吧。即使偶尔心有灵犀，比如你站起来他知道你想去倒水喝，你看着窗外不说话他知道你心情不好……这些也都只是生活习惯所堆积起来的认知而已。你永远无法知道面前这个人到底爱不爱你，你只能靠信任。

当我发表完上面那一段言论，江辰说：“你到底想表达什么？”

我说：“你看我在我妈肚子里待了十个月，我还是不明白她一个已婚老太太每天上网看年轻小帅哥有什么乐趣可言，你说她要是个大叔控什么的，我还稍微能理解点。所以我们需要交流，你得告诉我你到底为什么喜欢我，以加强我的信任。”

江辰说：“你真的很烦，我要说几遍我不知道你才相信，我知道怎么切开一个人的胸膛，怎么做心脏搭桥，怎么换心脏瓣膜，但我真的不知道我为什么喜欢你。”

我都说了，把对话上升到专业的层面，我就听不懂了……

但有时候，我也希望愈挫愈勇的，所以我说：“那你告诉我你什么时候觉得你喜欢我的。”

他长叹一口气，用力一转方向盘，车转了个弯：“不记得了，你非要计较这个干吗？”

女人想计较的东西可多了，脸蛋皮肤发型身材金钱房子谁爱谁谁不爱谁……不巧的是我也是女人。

一直得不到我要的答案，我觉得很沮丧，所以我也不再多说什么，谁嫌气氛沉闷谁开口。可惜的是江辰一路都没嫌过气氛沉闷，也是，人家很可能还睡过停尸房，这点沉闷还真算不上什么。

车到了我家楼下，我边开着车门边说：“我回去了。”

“来个吻别吧。”江辰轻按了一下喇叭，喇叭发出一声疑似放屁的短鸣。

我说：“不要。”

他说：“我不会嫌弃你技术不好的。”

是可忍，孰不可忍，我对他竖起了我可爱的中指。

他愣了两秒，阴恻恻地说：“陈小希，你不想上苏医生那里急诊就收好你的手指，过来亲一个。”

我拖着脚步绕到他那边的车窗，他摇下车窗，伸出头，笑着哼道：“我和你吻别，在无人的街……”

他有一副好嗓子，我一直都知道，而且这样英俊的脸，这样带着笑的缓缓清哼，的确很值一个吻。

我捧住他的脸，凑上去啵地亲了很大一口，然后蹭一蹭他的鼻子，再吻上去，他的嘴唇柔软温暖，他的气息清淡熟悉，我想我可以亲很久，只要他不嫌脖子疼。

他没有嫌脖子疼，反倒是我嫌空气不够了，推开他，我大口喘着气说，“这次不算技术不好，我没有先深呼吸。”

江辰捂着被我推去撞车窗框的脑袋：“建议你去学急救，包含人工呼吸课程。”

我竖起两根手指要插他的眼睛，他笑着拉开了，他说：“我真的不记得了，倒是记得有一次你在操场对我大吼大叫。”

说完他就把车呼啸着开走了，我在原地捂着差点被车带起的风吹翻的裙子，半晌才反应过来他在回答我之前的问题。

操场？大吼大叫？老实说，我那剽悍的学生年代里干这种事的时候可多了，真得让我好好想想。

我是在洗澡时突然想起来的，一激动差点脚滑栽进马桶去，幸好拉住了莲蓬头的管子，可怜明天得换条新管子了。

那是高二下学期的全年级篮球比赛，运动这一方面我们艺术生注定是要被鄙视的，所以我们班学生都不怎么上心，倒是江辰他们理科三班，据说可以和体育班一决雌雄，呃，不对，他们都是雄的，一决生死。

第一场比赛就是我们班对江辰他们班，我当然得去看，事实上江辰他们班的每一场比赛我都去看了。

那场比赛真的是我看过最烂的比赛，我们班好不容易凑起来的篮球队，打球像在散步也就算了，班长抱着到了他手中的篮球杵在原地就像抱着失散多年的孩子般死不撒手，最后就差没撩起衣服喂奶了。真的是很想装作不认识他们啊。

江辰就不一样了，带球过人、三分球、三步上篮，帅得千古绝唱。

我们班比了两场就远离篮球架了，而江辰他们班在他的带领下一路杀进决赛，最后对决体育班。

那是个苍白的冬日，班主任在下课时间硬要讲一些他认为很重要的事，比如说黑板没擦干净呀，地面纸屑太多呀，早恋呀……我看着窗外操场上人头攒动干着急，那么爱占用时间怎么不占用点上课时间呀。

好不容易熬到“老班”愿意放人，我冲到操场时听到一声长哨，比赛结束。随便拉了个路人问，说理科三班惨败。我想这种时刻江辰的身边怎么能没有我，于是又一路飞奔到理科三班的教室。

我一声“江辰”哽在嘴边，偌大的教室里只剩两个人——江辰和李薇，他们面对面隔着一张桌子坐着，脑袋凑得很近正在说着什么，我当时脑海里就闪现了四个字：奸夫淫妇。

两人齐刷刷地看我，江辰的脸色不是很好看，瞪了我一眼后也不说话。

我想了想还是解释：“我们班下课晚了。”

因为我每场比赛都给江辰送水，他后来就放了五百块钱在我这儿，让我当他比赛的水源供给，我对这样的职位很满意，也一直做得尽忠职守，但今天还是让“老班”害得失职了，不过这属于不可抗拒外因，实在也怨不得我呀。

江辰没有回话，气氛一时有点尴尬，李薇笑盈盈地说：“陈小希，幸好我今天帮江辰准备了水。”

我勉强地笑：“多亏了你。”顿一顿又忍不住问江辰：“你那个比赛结果怎么样了？”

江辰充耳不闻，面无表情，也不知道视线落在哪里。

李薇说：“今天我们班发挥得不是很好。”

“哦，这样啊。”我掏着校服的裤子口袋想把剩下的钱还给江辰，才发现钱放在书包里忘了拿，只好说：“呃……那个我就是想说过来看看，我先走了。”

江辰没有多看我一眼，甚至没有费事地从鼻子里哼一个字来欢送我。

我转身就泪奔了，十七八岁少女的心，不是用来这么打击的。

后来回教室拿书包，出来时竟然在操场遇到江辰，我踟蹰了一下还是过去说：“好巧啊，你要不要一起走？”

他不知道为什么突然很不耐烦，他说：“你能不能不要老跟着我？”

事实上自从分班后我就很少有机会跟着他了，而且这次还真不是我要跟着他，这种状况在字典里的解释叫“偶遇”，但我没有指出他这话的不合理性，我忙着伤心难过。

他后来又说了什么难听话，我也顶了他什么话，这些都有点模糊了，但我记得他说：“我让你喜欢我了吗？”

然后我在操场上大哭，从书包里掏出一团一团的钱用力扔在地上，喜欢一个人是那么小心的事，即使那么伤心，我也不敢把钱往他身上砸。

我记得我说：“我以后再也不理你了，一辈子这么长，我才不会只喜欢你一个人！”

可惜呀，我到现在还是只喜欢他一个人，这证明了做人话不要说太满，会有报应的。我叹了口气，即使事过境迁，现在想到也会觉得很难过呀。

我擦着头发给江辰打电话：“你到家了没？”

“到了。”

我说：“我想起来了，操场那一次。”

他在手机那头笑：“你哭得好惨啊。”

我说："然后呢？"

"然后我就觉得以后还是不要害你哭那么惨好了。"

我揉着酸酸的鼻子："我现在想问你一个问题，你一定要老实回答我，不要因为死要面子而骗我。"

他说："好。"

我说："那后来你有没有回去操场把钱捡走？"

"……"电话那端陷入异常的沉默。

我追问："有没有？喂，听到吗？"

"没有。"两个字发音很字正腔圆。

我失望地叹气："便宜那天的值日生了。"

"你不要告诉我你哭成那样后来还回去捡那几块钱！"江辰的语气阴恻恻的。

"哪里是几块钱啊，至少剩两三百块。"我解释，"我回家后觉得你这种脾气古怪的人一定不会捡钱，所以我又回去捡了，可是一毛钱都没剩下。"

我本来以为回去捡，捡到的钱就归我了呀……

A Love So Beautiful

第十五章

我在医院门口徘徊了三圈，江辰让我今天过来探望那个殉情少女，说是我必须亲眼看到她活着的样子以后才不会做噩梦。每次我在面对江辰的要求时，总是觉得我只剩下两个选择：要么听话，要么滚蛋。我把这个感觉告诉过江辰，他说没有，你还有第三个选择，你可以选择杀掉我。至此，我觉得江辰大概和我一样都是神经病。

我一鼓作气冲进医院，冲过那个她用身体重重砸过的大厅，江辰在二楼等我。他说他有一个七小时的手术，所以只能让苏医生带我去看那个女孩。

我拉着他的手指：“七小时，这么久啊？”

“对，所以你探望完女孩就回你家，我做完手术去找你。”他钩住我的手指又马上放开，转头对苏医生说：“小希就麻烦你了。”

苏医生笑眯眯地说：“没问题，交给我了。”

我疑心病重，总觉得她语气里带着“你终于栽在我手里了”的意味。

江辰前脚一走，苏医生就说：“那女孩子有精神病。”

“啊？”我退后一步，“我还是下次和江辰一起去好了。”

“怕什么，有我呢，我是她的主治大夫。”她拉着我的手，很亲密的样子。

我被她拖了两步觉得不对，硬扯着站住了：“你不是骨科的吗，怎么又主治精神病了？”

“我主治她断了的肋骨。精神病什么的，是我自己诊断的，没精神病能为了一个男人往下跳吗？”她边说边拽着我往前走。

“医生能背后这么议论病人吗？”

她奇怪地看着我：“为什么不能？”

“不会太刻薄了吗？”

苏医生拍着我的肩膀，语重心长：“医生也是人，是人就有缺点，我的缺点就是爱刻薄别人和没良心。”

如此理直气壮，我也只能折服。

我们进去时那个女人躺在床上一动不动，靠近了一看她正悄无声息地淌泪，头底下白色的枕头晕了一大坨泪，我仔细地打量了一下她的长相，觉得跟我上次看到的一点都不像，但我想一般人从二楼摔下来，着地时都不会是平常的模样，所以我从心里释怀了她长相前后不一致这件事。

苏医生说：“李小姐，今天感觉怎么样？”

李小姐依然不动，依然淌着泪，她微微掀动了嘴唇，吐出三个字：“让我死。”

真的，她的请求如此真挚，让人觉得没完成她的请求是一件对不起天地良心的事。但苏医生说了，她的缺点是没良心，所以她很爽快地拒绝了：“你男友没来，想死等他来了再死。”

我拉着苏医生小声地说：“你别胡说，她投诉你怎么办？”

苏医生安慰地拍拍我的手背：“我被投诉习惯了。”

李小姐不再默默地淌泪，她号哭了起来：“我都这样了，他还不来看我，我……呜呜呜……”

“你能不能别吵，吵得姐脑疼。”苏医生扶着脑袋，“来，给你介绍一下，这就是你那天跳下楼时差点砸到的人，她来看你的。”

我莫名其妙地被苏医生推到前面，只好尴尬地干笑：“呵，你好。”

李小姐看了我一眼，抽噎着说：“你来看我干吗？”

我想我总不能说我来确认你没死，这样我才能睡觉不做噩梦。于是我只好说：“没有，就来看看你恢复得怎么样了。”

“关你什么事？”她抽噎着，“你是来看好戏的吧？”

我被质问得有点不知所措，只好求救地看着苏医生。

苏医生打了个哈欠：“怎么不关她的事了，你下降时的抛物线弧度要是出了点什么差错，今天她就得陪着你躺在床上了，我拜托你们这种要自杀的，挑环保一点的方法好不好，实在很想跳楼也在楼下弄个标志，写个‘此地已被跳楼者征用，珍爱生命者请绕道’之类的话，别误伤了路人呀。”

我很着急地拦着她：“你别刺激她了，医者父母心呀。”

苏医生摆手：“父母也有坏心肠的，多看看社会新闻你就知道，你当我坏心肠就行了。再说，她那么剽悍我刺激不到她。”

到底是谁比较剽悍啊……

李小姐倒是厉害，不管苏医生多么刻薄，她都有办法追着我问：“我没死是不是让你很失望？”

我忙摆手：“没有没有。我就是觉得楼下来来回回这么多人，你不偏不倚砸在我前面，也算是缘分，我来看看你而已。”

李小姐大概也觉得那是缘分，所以她不再苦苦地逼问我，只是絮絮叨叨喃喃自语，大概内容就是“我那么爱他，愿意为了他去死”什么的。

我不爱在一旁看人家发毒誓，主要是我从小看太多电视剧了，留下不少后遗症，我怕我会忍不住条件反射冲上去捂住她的嘴说：我不许你这么咒自己！

所以我拉着苏医生说：“我们出去吧？”

苏医生说：“我还没有给她检查呢。”转过身去看到她神经质的样子又说，“算了，出去出去，看她这样姐就脑疼，连开玩笑的心情都没有了。”

我就老觉得今天有哪里不对劲，原来是她还没用她的幽默轰炸我。

出了病房门，苏医生跟我说：“对了，我弟要出国了。”

“啊？”

“怎么劝都不听，我妈哭死哭活，怕他一个人在国外受苦。”

我不理解：“出国挺好的啊，学东西，开阔视野。”

“重点是他带着情伤出国，山高皇帝远的没人盯着要是轻生了呢，要是堕落了呢？”

我缩缩脑袋：“对不起。”

苏医生摆手：“没事，只是我妈可能这几天会找机会跟你谈谈。”

“啊？”我震惊过度只能重复发出单音节音，“这……这……不……不……好……好……吧。”

请家长啊，告妈妈啊，这种事真的是很无耻，但又真的是……我的死穴啊。

我背后的冷汗一颗颗顺着腰线滚进牛仔裤的裤头，那濡湿的痕迹在我身后划出一道道曲线，我催眠自己真是前凸后翘呀。

苏医生狡黠一笑：“跟你开玩笑的，我妈忙着呢。”

……

我反应无能中。

她又说：“而且我弟也没有要出国，他说他要去找个年轻貌美的气死你。”

我常常在想，所谓法律不外乎人情，对于这样的人，我如果忍不住灭了她，法律应该给我颁个勋章什么的。

但我大学主修的是艺术不是法律，所以我拿不准杀她会不会被判刑，只好摆摆手出了医院去搭公交车。

我回家，算了一下时间，江辰大概凌晨一点能够回来。

于是我泡了碗泡面，端着站在离电脑五步之遥的地方看美剧，自从有一次扣了一碗绿豆汤在键盘上，我就彻底明白了液体对于电脑来说，是生命不能承受之重。

我的面条才吃了三口，美剧才演了个“preview”，手机就响了起来，我看了一眼，是销声匿迹了一阵子的吴柏松，好吧，应该相对他来说，销声匿迹的是我，我谈起恋爱向来是有异性没人性的，这可以参考我大学四年一个好朋友都没交到的凄凉下场。

吴柏松在电话里欢欣鼓舞地告诉我他爱上了一个女人，一个真正意义上的女人，区别于我这种黄毛丫头的女人。

老实说，我被称为黄毛丫头的概率已经相对前几年锐减了不少，所以我决定忽略他认为我不是个真正意义上的女人这一误解。

我说：“你要谈恋爱了啊？那我以后饿了谁带我去吃饭啊？”

他说：“你家男人。”

“可是他很忙。”

吴柏松笑着说：“那你讨好我家女人，她不吃你的醋就行。”

我说：“我最鄙视这种‘我家男人女人’的说法了，太恶心了。”

他说：“那怎么称呼？”

“我家老公、你家老婆；我家蜜糖、你家甜心。”

他在电话那头大笑，我想我最喜欢他的地方就是，他会配合我每个不好笑的笑话。

我在他的笑声中听到了门铃声，我说：“你家门铃响了。”

他停顿了一下说：“是你家的门铃声吧。”

我仔细听了一下，果然是我家的门铃，原谅我家老旧，门铃声常常忽远忽近，像个忽冷忽热喜欢端着的倒霉恋人。

我拿着手机走去开门，一边开着“你不会是站在门口准备我一开门就跪下来跟我求婚”，还是“一开门其实门口站的不是人”之类的玩笑。

我一开门，是江辰，我想至少是个人，就等了两秒看他会不会向我求婚。

他没有，他看起来很沮丧，于是我就毅然挂了吴柏松的电话去对江辰嘘寒问暖，我心里坚信，吴同学会理解，会明白。

七小时的手术，两小时结束，我虽然是外行，但大概也知道发生了什么事。

我想这时候一杯热茶和一个拥抱将会显得我很贤妻良母，我也的确这么做了，只是我忘了考虑环境因素，比如说这是热得跟王八蛋一样的夏夜，又比如说我的房东也跟王八蛋一样不提供空调，再比如说我今天流了不少热腾腾的汗……总之贤妻良母的路线不适合我。

江辰拎着我的脖子把像八爪鱼的我从他身上拨开，又阻止了我差点用热茶帮他洗澡的贴心，最后握着我两块肩骨：“你能不能不动？”

“可是我想帮你。”

他松开我，兀自在沙发上躺下：“你站在那里不动就好了，什么都不用做。”

他双手交叉在脑后，眼睛就那么一眨不眨地盯着我看。

我想江辰同学你别这么看人啊，好歹我们的关系已经成人，你用这么单纯的眼神盯着我而我却觉得口干舌燥欲火焚身，我实在是很不纯洁啊。

我呆站在原地让江辰看了有十分钟之久，期间我提出了“是否要换个有型一点的姿势？”“我要不要去换套性感一点的衣服？”“你看这么久我可不可以跟你收费？”等问题，他一概忽略不答。

最后我实在受不了，跺着脚：“你到底在看什么？”

“看你啊。”

“我有什么好看的？”

其实这话说完我立马就后悔了，我可好看了……

江辰说：“我也正在研究你有什么好看的。”

我琢磨了一下他的话，总觉得话中有话，所以我决定了以后还是别琢磨他的话好了，从内心上、本质上架空他的话语权。

他又说：“以前我很累或很沮丧时就在想，陈小希要是在就好了，她那么傻，看她一眼就觉得人生也不过就这样而已，没什么了不起。”

我心想我才刚决定以后不再琢磨他的话，但这话不琢磨我还真不知道到底是在夸我还是在损我……

于是我很坦白地问他：“你这是在夸我还是在损我？”

他说：“你觉得呢？”

我飞扑过去压在他身上：“你也会说情话了啊！”

我听到他被我压得一声闷哼，我把这解读为幸福的重量。他拎着我的领子努力想把我从他身上拉下来，我箍着他的脖子说不撒手就不撒手，在这一场颇能展现力气的斗争中我战胜了他，我很舒坦。

我伏在他的胸前：“现在我在你面前了，看着我是不是觉得充满了力量？是不是我在你身边真的还不赖啊？”

他的声音从我头顶上传来：“没有，觉得也不过如此。”

“啊！”我跳起来掐住他的脖子，“我今天必须得掐死你。”

他掰着我的手指：“你去房里拿枕头，用闷的比较省力。”

我一口咬上他的脖子，他侧着头笑：“咬过来点，大动脉在这儿。”

……

江辰只是告诉我手术没有成功，没有告诉我他怎么面对生命的逝去，面对病人家属的眼泪……

生命和泪水，在我一个外行人的眼里是世界上最难以面对的事。但他每天都在面对，也许早就习惯，只是我还是会心疼，觉得我们还是回家卖番薯比较轻松。

江辰说今晚就留宿在我这里了，我说可是我没有可以给你换洗的衣服呀。

他说他车里有，让我去拿。

我就屁颠颠地去拿衣服了，回来时江辰已经洗完澡，围着我的浴巾坐在我的电脑前吃着我的泡面看着我的美剧。

我看着那条浴巾在某个和谐部位摇摇欲坠，犹豫着我是应该喷鼻血呢，还是应该悼念我那价值两百一十块的新浴巾……

我叉着腰做出嚣张的模样：“你怎么可以没经过我同意就乱动我的东西？”

他斜眼看我：“如果你的眼睛不一动不动地盯着我的浴巾，这样教训起人来会比较有说服力。”

反正我说不过他，所以也干脆跑去洗澡，洗澡时水温调得有点高，出浴室门时照了照镜子，觉得自己通身泛着鲜嫩的粉红，十分可口。这里我得解释一下，我不是自恋狂，人家都说第一人称小说女主角照镜子感叹美貌那就是自恋，我并不是这样子的，我只是纯粹地觉得红色的我比白色的我看起来可口，鲜艳欲滴。其实这很好理解，详情请参考生虾和煮熟的虾。

我带着“我很好吃”的心情进了房间，江辰还是围着那条浴巾，只是这回他躺在我床上，翻着我的漫画书。

我咳了一声，颇不自在地说：“我不是替你把衣服拿来了吗，为什么不穿？”

他翻过一页书，若无其事：“反正是要脱的，为什么要穿？”

为什么？我怎么知道为什么，为了你脱我衣服时我也可以脱你衣服，不会显得无所事事……

其实我很害羞，只是害羞得不大明显，而且我有虚张声势的坏习惯，所以我假装若无其事地从他衣服里找出一条短裤，丢给他：“不穿衣服别躺在我床上。”

然后走到电脑旁，把美剧点回我原来看的地方，然后装出津津有味的样子看了起来。其实到底在演什么，天知道。

江辰在床上把书翻得哗啦作响，我手心捏出了汗。

中国古代有种死法，叫凌迟。具体操作手法是把一个人一刀一刀割死，后来又进阶到更高级的手法，就是用渔网把人套住，用刀割网孔里露出的肉，最高纪录可割多达三千来刀。我之所以要说到凌迟，不是为了说明人类可以有多残忍，也不是为了证明我们的老祖宗在杀人手法上多有创意，而是为了说明江辰在旁边一页一页地翻书，我所感觉到的压力和被凌迟的人是一样一样的。我恨不得他干脆飞扑过来把我按倒，这样那样。

暴风影音播放的长度拉到了三分之一，江辰说：“陈小希。”

我抖了一下，用言情一点的语言就是娇躯一震。

我按了暂停，转头看他，他单手支头侧身面对着我躺着。

我说："干吗？"

"来睡觉。"他招着手说。

我瞪他，他不以为意地回望我，嘴角抿着笑意，抿出一个浅浅的酒窝。

妖孽！

我吞一吞口水："那个……我看完这集再睡，你累了先睡。"

江辰不表态，只是维持那个姿势看着我笑，眼睛还一闪一闪的，神情中满是哀怨。

真不知道他去哪儿学来这哀怨的小眼神，看得我的小心肝扑通扑通跳个没完。

我关了电脑，去衣柜里找出一个新枕头扔给他："新的。"

这个枕头是赠品，为了拿到这个赠品，我买了一包分量足够把我埋起来的洗衣粉……

江辰随手把枕头塞在脑后，我挠了挠脖子："那我关灯了？"

"嗯。"

一片黑暗。

我摸索着爬上了床，躺下时听到江辰低沉地说了一句什么话，我没听清楚，就问了一句："什么？"

"很热，有没有空调或者电风扇？"

我又爬起来开灯，从柜子里捣腾出一把去云南旅游时带回来的民族风蒲扇："只有这个，没有空调，电风扇也坏了。"

省电环保。

黑暗中我可以听到扇子摇动的声音，节奏很催眠。就在我的眼皮慢慢要盖上时，忽然后颈一阵凉风拂过，我哆嗦着又清醒了。

江辰不知道什么时候靠近了我，甚至他的头已经枕在我的枕头上。

我动了一动："你干吗睡到我的枕头上？"

"很热，我睡不着。"

"那你睡这么近不是更热？"

他的手揽上我的腰，热气从他的手臂过渡到我的腰上，他轻轻地吻着我的脖子和背，像是羽毛搔过，又像是微风拂过，痒痒麻麻的，我忍不住闭上了眼，然后他停留在脖子上轻轻地舔着，我缩了一缩，突然脖子上传来牙齿啃噬的疼痛，我惊呼出声："靠！僵尸啊！"

他的手顺势从我睡衣的下摆探进来，像是带着电，烧得我忍不住颤抖。我扭来扭去却始终被他困在怀里，防不胜防。

他把睡衣从我头上硬脱下来时我很欲哭无泪，拼命解释："我这睡衣是开襟的，有扣子，有扣子的……"

没用，我听到了至少两颗扣子落地的声音。

半夜我是被饿醒的，才想起今晚的晚餐，那碗泡面入了江辰的胃。于是想趁他睡着踹个两脚解气，没料到微微一睁眼却被吓了一跳，他的脸靠我极近，我微微一努嘴就能亲上他的那种距离。

其实让我吓到的不是他这张放大了的脸，而是他状似睡着却悬空举着手摇着蒲扇替我扇风。我一动不动地看着他，我想知道他到底是醒着呢还是梦游。

大概有五分钟，他把蒲扇从左手换到右手，举在我头顶上方继续扇风，于是风从我的背后转移到头顶。难怪我梦里一会儿背脊发凉一会儿头顶发凉，跟恐怖片似的。

完成这一串动作时他都是闭着眼的。

我嗯了一声，装出迷蒙刚醒的样子，叫道："江辰。"

他停手，睁开眼："怎么了？"

"我没吃晚餐，我肚子饿。"我撒娇，"你把我的晚餐吃了，你这个狼心狗肺的坏蛋。"

坏蛋这两个字我还特地想要使用传说中的娃娃音，但是技艺不成熟，最后只能用鼻音。

黑暗中江辰的嘴角很明显地抽搐了一下："好好说话！饿了就去煮东西吃。"

"你煮给我吃嘛……你都把人家吃了你还不煮给我吃……"我高高地嘟着嘴，每个音节都拖得长长的，我想说提出要求的同时就顺便考验一下江辰的抗恶心程度好了。

他抗恶心的程度比我想象中要弱得多，因为他一脚把我踹下床了，不是男女主角调情追逐"你坏你坏我坏我坏"的那种踹，是带着嫌恶的感情色彩，想把我踹到太平洋的那种踹。

他说："滚去煮面！顺便煮一碗给我。"

我揉着屁股扁着嘴一瘸一拐地去煮面，心里不停地安慰自己，不经意的温柔最动人，不经意的温柔最动人……

话说，给点经意的成不成……

A Love So Beautiful

第十六章

第二天，为了满足江辰兴致勃勃说要送我去上班的好意，我只得比平常早起了一个多小时，这就是爱的代价。

昨晚到了后半夜我们一直在讨论枕头问题，江辰坚持要睡在我的枕头上，说新枕头有股洗衣粉的味道，我提出要跟他换枕头他又说这样不好，显得他不体贴女友。

我说你也没体贴过，再说这里没外人，我不说你不说，不体贴就不体贴了呗。

他说你这张嘴指不定明天就上什么论坛发个帖子，或者写个小说画个漫画夸我，然后沙发板凳地一歪楼，你就理直气壮地开始写“我的极品男友连个枕头都不让我睡”。

我说你这样说实在有失公允，我要是上论坛发帖子写小说画漫画那靠的都是我的双手，跟嘴一点关系也没有。

后来我们就两个大脑门挤在一个枕头上睡到天明，我猜想抢枕头是一种病，得治。

“喂，我买台空调放你那儿好不好？”等红绿灯时江辰突然说。

我一愣，好熟悉的一句话。

“喂，我送一套画具给你好不好？”“喂，你生日我送你那套你想要很久的漫画好不好？”“喂，我今天请你吃饭好不好？”“喂，我的生活费放在你那里好不好”……

这些都是大学期间江辰每回要向我提供物质帮助时说的话。

我问他：“‘好不好’是你的一个固定句式吗？”

他明显没反应过来，想了很久才说：“我们当时有种说法，艺术系的都是被包养的，我那时怕你觉得我在包养你，会觉得我不够尊重你，后来就养成习惯了。”

我沉默了很久，最后实在忍不住了才说：“你哪里尊重人了……”

“怎么？”

“我就值一套画具、一套漫画什么的？好歹来颗拳头大的钻石。”

江辰的脸色突然沉了下来，友好的谈话有莫名破裂了的感觉。

车到我们公司楼下时我小心翼翼地问他：“你在生气吗？”

“对。”

“为什么？”

“我难得想尊重你一下被你说得像一个笑话。”

我挠着头问：“那你准备生气多久？”

江辰把车靠边停，侧身瞪我：“你非得气死我是吧？”

“不是啊。”我解释，“我怕你生气太久就忘了要给我买空调的事了，天气这么热……你又爱跟我睡一个枕头……还是说，你虽然在生气但下午就有空调送去我家？我把家里的钥匙给你？”

……

江辰瞪了我有一个世纪之久，最后长叹一声：“我当年果然多虑了，你有什么值得尊重的。”

唉，这位同学，你这样讲话就太没礼貌了哦。

午休时江辰打电话给我，说空调已经装好。我大力地称赞了他的办事效率，然后提出今晚要好好报答他，他在电话那头哼哼哈哈地笑得十分情色，我觉得很委屈，我的意思是给他买好吃的……

我先下了班，买了一大堆好吃的就跑去医院接江辰下班。

这一大堆好吃的里面包括了两杯冰淇淋，但是一直到冰淇淋融成两杯泥泞的水时，我都没有如愿和江辰你一口我一口地喂对方。因为我在医院门口遇到了吴柏松和他那个称之为世界上最纯粹的女人的女朋友——胡染染。

我的嘴张得至少可以塞下一个拳头。

吴柏松过来拍我的肩膀：“怎么了，被你嫂子的美貌震惊到了？”

我缓缓合上嘴，被他拖到胡染染面前，他说：“染染，这是我最好的朋友陈小希。小希，这是胡染染，我的女朋友。”

胡染染的脸色苍白如纸，几次牵动嘴角试图露出一个笑容，但都没成功。

我盯着她看，我猜想我的表情也是惊恐的。

“喂，怎么了？”吴柏松又拍了我一下，“你们认识吗？”

“不认识。”胡染染抢着说，看着我的眼神满是乞求。

吴柏松疑惑地看着我，我勉强地笑了笑：“觉得她有点眼熟，可能太漂亮了。”

吴柏松问：“你来找江辰？”

我点头，眼睛盯着胡染染：“你们呢，怎么会约在医院门口，是胡小姐有哪个朋友生病了吗？”

胡染染避开我的视线：“没有，我们就是约了在这里碰面。”

“哦，那就好。”我说，但连我自己都可以听出我的语气相当阴阳怪气。

吴柏松若有所思，但他没追问，只是用手指敲我的脑袋：“你舌头扭了啊，对我老婆客气点。”

我撇嘴：“好嘛，要老婆不要朋友了。”

吴柏松不理我，牵着胡染染的手，用一种腻到我想吐的音调说：“我们叫上小希和她男朋友一起去吃饭好不好？”

胡染染的脸持续苍白，却柔顺地点了点头：“好。”

切……老娘和老娘的相公还不见得愿意跟你们吃饭。

江辰看见胡染染时一愣，疑惑地看着我，我摇摇头，他笑着坐下来。

吴柏松又介绍了一下两人，江辰微笑着点头：“你好。”

胡染染低着头也说：“你好。”

一顿饭吃得气氛诡异，唯一比较自在的是江辰，证据是他老人家吃了自己那份还吃了我的半份，还很坚持地把我塑料袋里两杯融成水的冰淇淋拿出来丢掉，即使我一再强调回去放到冰箱里，一小时后它们又是一条好汉。

临分开时我特地和胡染染交换了电话，说是有空交流一下做人家女朋友的心得。

一上了江辰的车我就开始噼里啪啦说胡染染的坏话，江辰也不搭腔，直到我说累了他才说："你激动什么？"

"她和那个张书记！他们……唉，气死我了！"

"关你什么事？"他说。

话是这么说啦，可是我们常常以为我们有资格向别人指手画脚，而我就有这个毛病啊。

我说："之前我对胡染染是没什么看法啦，但是她和吴柏松在一起啊！吴柏松啊！我怎么能视若无睹？"

江辰冷冷地瞟了我一眼："为什么不能？"

我不知道怎么跟他解释，只好一再强调："他是吴柏松啊！他是吴柏松啊！他什么都不知道，他是吴柏松！吴柏松！"

江辰突然猛烈地踩了刹车。

我拼命稳住差点飞出去的身子，缓缓地转过去看他："你最好告诉我前面出现了狗还是鬼什么的，不然我掐死你。"

江辰不理我，他沉着脸："你对于吴柏松谈恋爱这件事用不用反应这么大？"

我解释："重点不是他谈恋爱，是他谈恋爱的对象，你不知道，吴柏松他家的故事挺复杂的，我觉得他比较适合谈简单一点的恋爱。"

江辰冷笑：“什么恋爱简单，跟你的？”

啊？啊！

我先是一愣，然后恍然大悟，不可置信地指着他：“你……你该不会是吃醋了吧……你不吃苏锐的醋……你吃吴柏松的醋……你有毛病吧？”

江辰绷着脸不回答我，我也不计较，主要是我受到的冲击太大了，你想江辰平常就摆着一副“老子是成年人，老子从来不乱吃醋”的脸孔，所以作为女友的我，明明在看到那个张书记的孙女时就很想吃一下传说中毫不讲理的醋，但是看着他那坦荡得简直可以演军人的表情，再配上他那永远大度永远讲理的形象，我就不好意思了嘛。

车在路边停靠了十来分钟，我提醒他：“那个，我们回家再吃醋好不好？”

江辰抬起了手，我怀疑他想向我竖中指来着，但他没有，他只是又发动了车。

车在前进的途中我试图跟他解释：“吴柏松不会喜欢我的，他要是喜欢我的话我们早就在一起了，所以你不要胡思乱想。”

他的脸更臭了，没错……这就是我要的效果。

回到家，我在崭新的空调下仰头傻笑，空调是人类最最最伟大的发明之一，还有电脑，还有电视机，还有洗衣机，还有热水器，还有汽车，还有飞机……算了，反正人类就是很伟大。

江辰还在沙发上生着闷气，电视声音开得奇大，让我怀疑要么电视的声道坏了，要么江辰的耳朵坏了，我觉得是后者，气急攻心最伤身了。

我傻笑完客厅里的空调，又跑到房间里对着房间的空调傻笑，然后出来拍着江辰的肩膀：“真不好意思，让你破费了，其实买一台装在房间里就好，客厅这台可以省的。”

他连看也不看我，随手拿起茶几上的遥控器就要开空调，我眼疾手快地夺了下来：“你去洗澡吧，我开房间里的空调，你洗完澡直接进房间就好。”

江辰面无表情地看着我：“我现在没有心情洗澡。”

我不明白：“洗澡要什么心情？”

他伸手过来要拿遥控器，我藏在背后：“洗澡吧洗澡吧。”

他瞟我一眼：“这是暗示吗？”

我一愣，下意识把遥控器丢给他：“谁暗示你了，你……你臭不要脸！”

江辰大概这辈子还没被谁骂过臭不要脸，所以一时半会儿只是拿着遥控器不可思议地看着我。我对他露出自觉最美丽的笑容，然后拔腿就跑。

我砰一声关上卧室门，落锁。

江辰在外面挠门：“你有种就给我出来！”

“我没种。”我平淡地叙述了这个事实。

我拿起桌上的遥控器开了空调，连蹦带跳地扑上我的床，从枕头下摸出一本漫画，唱着小曲晃着小腿趴在床上看起漫画来。

直到门锁喀地响了一声，我警觉地转头，江辰靠着门框，食指上转着一串钥匙，冲我笑：“臭不要脸是吧？”

我觉得他酒窝一闪，就会露出獠牙……

我尖叫：“你不是把钥匙还给我了吗？”

“我送去多配了两把。”

“你怎么可以不经过我同意就拿去配？”我气得从床上一跃而起。

他缓缓地朝我走来：“因为我臭不要脸。”

……

我倒退了几步，由于站在床上，难得可以居高临下地看他，我努力装出很有气势的样子，只是说出来的话还是稍弱了点：“你不要过来了哦……”

江辰大掌握住我的脚踝，一拖，我就像倒栽葱一样砸在床垫上，幸好……这床垫软。

他随即整个人罩在我身上，我眯着眼讨好地笑：“那个，我刚刚是口误，口误！”

他愈靠愈近，直到鼻尖已经抵住我的脸：“真的？”

只有两个字却是喷了我满脸的气息，我笑着躲开：“真的真的！你太要脸了，没人比你还要脸。”

他用鼻子在我脸上乱蹭，这让我想到小时候见过的猪拱白菜。

又笑又闹地正要脱衣服进入对不起社会和谐的正事时，我的手机突然响了。

我一把将江辰从我身上揭下来，爬到床头去够手机，江辰拖着我的脚踝往后扯，我边求饶边伸长了手去抓手机，抓到眼前一看，忙说：“别闹了别闹了，是胡染染。”

江辰停手，我连忙接起电话，口气一时还显得很愉快：“喂，你好。”

那边安静了一下，说：“是我，胡染染。”

“嗯，我知道。”我稳下语气。

一阵沉默，敌不动我不动。

隔了好一会儿，她哀求：“你能不能不要把那件事告诉他？”

我其实很想冷嘲热讽地来一句“什么事呀？告诉谁哪？”但是最后还是说不出口，江辰把我教得很好，我成不了刻薄的人，至少当着人家的面我刻薄不了，所以我只是说：“他跟我是很好的朋友。”

她说：“我知道，我……”

她又陷入了沉默，大概是不知道从何说起。

我握着手机瞄了江辰一眼，他的脑袋枕在我大腿上，正在翻我刚刚在看的漫画。

电话那头传来一声长叹：“我十五岁到他们家做保姆，乡下小孩进城，他们家的人对我算不错，我也很安分，只是我慢慢地长大了，我也没想到我越长大越漂亮，我也没想到会引起那个死老头的注意……”

她顿了顿，自嘲地狂笑：“哈哈哈，越长越漂亮……哈哈……”

她的笑，在我听来是很凄凉的。

我吞了吞口水：“那个，你先把事情讲完。”

“还不就是那回事。有一次家里没人，我在拖地，老头子回来，坐在沙发上看报纸，让我给他倒水，然后就把我按在沙发上了。事后他说如果我乖乖听话他就会对我很好，如果我不听话，他就让人对付我爸妈，让我找不到工作。我能怎样？我才十六岁。”

我握着手机不知道讲什么，垂在腿上的手突然被江辰握住，我低头看他，他把书盖在脸上，一副已然在睡觉的模样。

我反握住他的手：“我可以答应你不说，但我希望你处理好，别让他受伤，他是我很重要的朋友。”

“谢谢。”

我想了想，又威胁了一句："如果你伤害了他，我不会放过你的。"

讲完我立马后悔不已，我讲的是什么年代的电视剧台词啊……

幸好胡染染没有趁机嘲笑我，她只是说："我知道，你放心。"

这一方面她还是比较厚道的嘛。

挂上电话，我正想找江辰讲话，才发现他不知道什么时候已经松开了我的手，正缩成一团滚在床角要忧郁。

我爬过去拍他："你干吗啊？"

"别理我。"他抖动了一下肩膀，甩开我的手。

我一头雾水："你怎么了？"

他不说话，我僵在那里久了也觉得莫名其妙，只好掉头准备去找衣服洗澡。

当我翻箱倒柜地在找比较好看比较新的内衣裤时，我心里一直在计算着交个男朋友真的是很耗费钱财的事，比如说脸皮浑厚如我，也觉得我应该要换一批新的内衣裤了；又比如说，我有预感我这个月的电费将会噌噌地往上涨……

"他是你最重要的朋友，那我是什么？"江辰问。

"内衣裤。"我答。

……

呃，这个我必须要解释一下，当时我正在心算一台空调一个晚上最多会耗多少度电，一度电多少钱，一个晚上会是多少钱，折合下来一个月多少钱，因为数学实在烂，所以算得特别入神，以致江辰开口说话时我只抓到了一个话尾"什么"，而我下意识地就把这个"什么"演化成最合情合理的"你在找什么"，于是就有了上面的那一段对话。

安静又诡异的气氛在房间里蔓延着，我不得不仔细地倒带回想他问的那句话，然后，我很想用内衣带子把自己勒死。

江辰默默地站起来，往房外走去。我跟在他身后解释：“你是我男朋友呀，我刚刚听错了，我以为你问我在找什么。”

他挥挥手：“我知道了，不用说了。”

基本上作为一个刚被比喻为内衣裤的人，他的反应过于淡定，这让我不安，因为假如有人把我比喻成内衣裤，我的反应至少会……会比较……猥琐。

我看着江辰从沙发旁边拖出一个行李箱，拖进房间。我很惊奇，进门时光顾着感叹空调了，居然没发现沙发旁放了一个这么大的行李箱。

我傻傻地跟在他背后：“怎么会有行李箱，你明天要出差吗？”

“去帮我倒杯水。”他说。

“哦。”我颠颠地跑去帮他倒水。

江辰从行李箱里找出一瓶药，倒了两片就着水吃下去了，我忍不住抓了瓶子来看：维U颠茄铝镁片II，适应症：用于十二指肠溃疡，慢性胃炎，胃酸过多，胃痉挛等。

我问他：“你胃痛啊？”

“嗯。”他坐在床沿捂着胃。

“你晚餐吃太多了，还吃了我的那份。”我拿枕头递给他，“用这个捂着肚子，会舒服一点。”

江辰把枕头压在肚子上，皱着眉头：“把你的衣柜清出一层来，帮我把箱子里的衣服放进去。”

“好，我这就收，不然你躺下来睡一会儿吧。”我看着他皱着眉头脸色苍白的样子就觉得心疼得不得了。总有那么一个人，你看他痛苦愿意以身代之。别说收拾个衣服了，收尸我都在所不辞。

我把衣柜最上层的衣服都拿下来，那一层我用来放一些平常不常穿的衣服，反正江辰高，就把他的衣服都放上面好了。

等我的衣服全部挪到一个袋子里，他的衣服也大半上了衣柜，我突然觉得好像有哪里不对，转过身去看江辰，他正躺在我床上闲闲地翻着漫画书。

我缓慢地眨了一下眼睛："为什么你要放这么多衣服在我这儿？"

他放低漫画书，露出两只眼睛："这样我就不用每次来都带换洗的衣服了。"

话是这么说没错啦……

"你会不会带得太多了一点啊？"我踮着脚把衣服往上放。

"你真矮。"他说，"丢几件衣服给我，我要去洗澡了。"

"你今晚还待我这儿啊？"我转过头去问他。

他随手把漫画书一扔，走过来从我捧着的衣服里拣了两件："好好收拾，我去洗澡了。"

说完他拍拍我的头，把衣服往肩上一搭，迈着大爷的步伐走出我的房间。

我有种所有问题都得不到他解答的困惑，是我的错觉吗……

江辰洗完澡出来只套了一条蓝色格子的长裤，头发滴着水，水珠滴答溅在肩膀上，再从肩膀滑向精壮的胸膛，再滚向线条分明的小腹。

我咽了咽口水："那个，开了空调你还是穿个上衣吧。"

“擦干了再穿。”他抬手抹了一把脸上的水，“你明天帮我买两条毛巾吧。”

“我柜子里有新的，我拿给你。”我很兴奋地从柜子里找出毛巾递给他，“我已经过过水了，很干净，你现在就能用。”

“黑人牙膏？你能给我点不是赠品的生活用品吗？”他指着上面绣的小黑人头问。

我说：“你就不能把它当作刺绣吗？就是图案特别了点。再说了，赠品从经济学的角度来看，最划算了。”

他嗤之以鼻：“你最好是懂经济学。”

我郑重地点头：“至少我懂胡诌学。”

江辰无奈地摇头，在床沿坐下：“帮我擦头发。”

我爬上床，绕到他身后替他擦头发，他的头发很软，略带褐色，我用毛巾轻轻地揉着，除了我忍不住拔了他一根偏金色的头发被他瞪了一眼之外，整体气氛还算不错。

擦完头发我趴在他的肩膀上休息，擦头发这事可累人了。

夜里我睡得迷糊，隐约觉得有什么东西在我脖颈间磨蹭，我啪一巴掌揍过去后听到一声低吼：“陈小希你是女子拳击手啊！”

我迷迷糊糊地转过身去抱他：“你半夜三更不睡觉干吗？”

“睡不着。”

“怎么会？”说着我眼皮又要合上。

然后脸皮一阵被拉扯的疼痛，江辰掐着我的脸：“胃痛。”

睡眠不足很容易让人心生歹念的，比如说现在的我就想说胃痛你一边痛去啊，再骚扰我就让你这辈子都没机会胃痛……

幸好心底深处那个人性的部分一直在呼唤，我才勉强撑开眼睛问他："我去给你倒水找药。"

说着就要爬起来，他把我拦腰拖住："不用，你陪我聊天分散一下注意力。"

半夜谈心这事真的是，很让人伤脑筋的。

但由于我在女朋友这个身份上主打的都是善解人意，所以也只好提起精神应付他："你想聊什么？"

他说："随便聊。"

呃，做人要讲道理，你不能自己说要聊天却让我找话题，这种行为极其不负责任，极其令人发指，值得拖出去枪毙一百次。

我这么摩登且铿锵的女性，自然是不会主动找话题的，所以我说："你今天有没有做手术？"

"没有，我今天都在门诊。"

"哦。"我想了想又说，"你觉得胡染染漂亮吗？"

"漂亮。"

"多漂亮？"

"比你漂亮。"

我掐住他腰上的肉拧了一圈："我才是你故事的女主角，讲话给我客气一点！"

他用力搂紧了我，像要把我压碎的那种紧，逼得我不得不松了掐着他肉的手。

我说："你觉得她的漂亮足够让男人原谅她的过去吗？"

我觉得女人如果漂亮到一定程度会形成一种理所当然的魔力，这种魔力会让人忍不住原谅她做的一切坏事。比如说胡染染就是美成一个狐狸精的模样，所以她真的是狐狸精这件事其实属于天赋人权。

江辰沉默了一会儿，说："对我来说不够。"

"那你觉得吴柏松会跟她分手？"

"分手了关你什么事？"

你看这话说的，这年头房价油价肉价蒜头价绿豆价，毒奶粉毒疫苗毒洗发精……都被号称没我什么事了，好朋友分手总得有点我的事吧，不然我对社会也太没贡献了吧。

我说："当然关我的事，他们分手我得去安慰受伤的吴柏松呀。"

没错，你没有听错我也没有说错，我就是嘴巴贱，我就是喜欢撩得江辰火冒三丈……但应该是我表现得太明显，江辰完全没有正常邪佞腹黑男主该有的反应，他既没有把我按倒用嘴堵住我的嘴，也没有撕破我的衣服来一场强制的圈圈叉叉。

他说："陈小希，你下次再不留痕迹一点我比较容易被激怒。"

人太聪明不好，生活少很多情趣的。

既然逗不到他，我干脆就认真跟他探讨起来："你真的觉得他们会分手？"

"不一定。"

"为什么？"

"因为我不是吴柏松。"

……

如果一个人跟你说我要跟你聊天，但是他回答你的每一个问题都把你逼到"下一句我能接什么"而冷汗直流的地步，你是会想杀了他宰了他或是毙了他？

我叹了口气重新出发："那如果是我的话，你会不会原谅我？"

不要怪我俗，大部分女人都喜欢比较，问了你觉得这个人漂不漂亮，下一句就是那我漂亮还是她漂亮。

江辰沉默了有一个世纪那么久，然后说：“会。”

我愣住了，因为我本来已经做好准备承接像“当然不会！我会宰了你！我希望你得艾滋病死掉！”之类的刻薄话，他突然蹦出这么一个字，让我实在手足无措，让我只能像个傻瓜一样喃喃地追问：“为什么，你不是说我没她漂亮，为什么？”

他吻了一下我的额头：“因为够爱。”

我不知道别人谈恋爱能够听到多少动听的情话，反正我是一句也没有，所以我听到时首先是怀疑我的耳朵，然后我把这四个字反复仔细地咀嚼斟酌，最后确定了这是一句情话，这才开始迟来的感动，脑袋剩下大片大片轰隆隆的空白，只觉得胃痛呀，深夜呀，掏心掏肺的情话呀，实在是太给力了！

就在我沉浸在情话所营造出的粉色泡泡世界里时，突然觉得睡衣被掀了起来。

我的粉色泡泡啵一下被戳破，忍不住翻了个白眼：“江辰同学，你的手能不能不要乱摸？”

“我没有。”

我拍了一下他贴在我腰上摩挲着的手：“那这是什么？”

他的语气很严肃很认真：“我不是乱摸，我是很有目的性地在摸。”

我又翻了一次白眼：“你胃不疼了？”

“还疼，聊天没效，做点别的事情分散注意力。”

……

图书在版编目（CIP）数据

致我们单纯的小美好 ：全2册 / 赵乾乾著. -- 南京:
江苏凤凰文艺出版社，2015
ISBN 978-7-5399-8633-3

Ⅰ. ①致… Ⅱ. ①赵… Ⅲ. ①长篇小说－中国－当代
Ⅳ. ①I247.5

中国版本图书馆CIP数据核字(2015)第184391号

书　　名 致我们单纯的小美好
作　　者 赵乾乾
出版统筹 黄小初　沈浛颖
选题策划 北京记忆坊文化
责任编辑 姚　丽
特约编辑 虾　球
责任监制 刘　巍　江伟明
封面绘图 羊驼嘟嘟噜
封面设计 80零·小贾
出版发行 凤凰出版传媒股份有限公司
江苏凤凰文艺出版社
出版社地址 南京市中央路165号，邮编：210009
出版社网址 http://www.jswenyi.com
经　　销 凤凰出版传媒股份有限公司
印　　刷 环球东方(北京)印务有限公司
开　　本 880毫米×1230毫米　1/32
字　　数 290千字
印　　张 14.5
版　　次 2015年9月第1版，2018年3月第6次印刷
标准书号 ISBN 978-7-5399-8633-3
定　　价 48.00元（全二册）

影视版权抢订热线　010-64810892-604